直木賞をとれなかった名作たち

小谷野敦
Koyano Atsushi

筑摩書房

直木賞をとれなかった名作たち　目次

第三章　戦後昭和Ⅱ　89

直木賞をとれなかった名作たち

まえがき

芥川賞・直木賞といえば、どういうわけか、日本で一番有名な文学賞の一組になってしまった。主催は日本文学振興会だが、その実態は株式会社文藝春秋、芥川賞は純文学の短篇、直木賞は大衆文学の長篇または短篇集に贈られ、一月と七月の年二回開催され、日本を代表する作家九人くらいが選考委員をし、五篇程度の候補作の中から選ぶ。

設立は一九三五年、当時文藝春秋社（戦後は文藝春秋新社をへて株式会社文藝春秋）社長だった菊池寛が、友人の時代小説作家だった直木三十五《さんじゅうご》の死を悼み、八年前に自殺したやはり友人の芥川龍之介とあわせてその名を冠した賞を設立した。西洋には当時数多くの文学賞があると言われ、人命を冠したものもあったし、日本でもすでに早世した作家を記念した池谷信三郎賞があった。

直木三十五は、本名を植村宗一といい、大正十年ころ、里見弴や久米正雄が創刊した同人誌『人間』の編集をしていた。大阪出身で、弟に日本史学者の植村清二がいる。関東大震災後は大阪へ移り、プラトン社で小山内薫の下、『女性』や『苦楽』の編集に携わったあと、作家としてデビュー。「植」を二つにわけて直木、その時三十一歳だったので直木三十一とし、一年ごとに、直木三十二、直木三十三と筆名をかえ、三十四は飛ばして三十五で定着した。『関ヶ原』『南国太平記』などが代表作で、幕末薩摩のお由良騒動を中心に描いた『南国太平記』が代表作とされ、その忌日は「南国忌」と言われている。

私が高校生だった時、NHKの金曜時代劇で、勝野洋、西田敏行らが出演して、これを原作とする「風の隼人」が放送されたことがあり、『南国太平記』もその時角川文庫で復刊されたのだが、ドラマが今一つ面白くなくて途中でやめてしまった。あとになって原作も読んでみたが、あまり出来がいいとは思われなかった。昭和初年に一世を風靡したのは事実で、谷崎潤一郎が「直木君の歴史小説について」などを書いたくらいだが、当時、中里介山、吉川英治、土師《はじ》清二《せいじ》、三上《み》於菟吉《かみおときち》らが歴史・時代小説で気を吐いたが、今でも読まれているのは吉川、子母澤寛《しもざわかん》、海音寺潮五郎くらいだろう。

直木はものすごい無頼派だったが、酒は飲まなかったが女出入りも激しかった。菊池寛が創刊した『文藝春秋』は当初ゴシップ雑誌めいていて、中に作家たちをからかったページがあり、「文壇諸家価値調査表」という凄いのが載って騒ぎになったことがある。当時、川端康成、横光利一、今東光らは、菊池や久米の世話で『新思潮』を復刊し、『文藝春秋』でも同人になったが、すぐに『文藝時代』を創刊したため、世間では菊地から若い作家が自立したのだと見られた。そこへ「諸家価値調査表」が出て、「天分」「好きな女」などと書かれたため、横光と今東光が激怒して、雑誌や新聞に抗議文を載せようとした。横光のほうは川端が話を聞いて、やめたほうがいいというので郵便局へ行って取り戻したが、東光のほうは載ってしまい、菊池との論争になって東光は筆を折り、高野山へ上って出家してしまった。だが途中で直木が、あれを書いたのは俺だ、という文章を載せて「さあ殴れ」という題で発表していたのだ。

　戦後になって、芥川賞や直木賞は停止し、一九四九年に復活している。この休止について、戦争が激化したため、などと新聞記事に書いてあったりするが、それは間違いで、日本が負けたために菊池が文藝春秋社を解散し、それで休止したのである。佐佐木茂《も》索《さく》らが中心となって文藝春秋新社を作り、その努力で四年ぶりに復活したのである。戦後は、野間宏、椎名麟三、大岡昇平、三島由紀夫などの新人が叢出《そうしゅつ》したから、それらの作家は芥川・直木賞を取り損ねている。梅崎春生は、あとで直木賞をとっている。だから、そういう作家にもここでは（仮）直木賞を授与することになる。

　一九九九年までとそれ以後とで、両賞の性格はちょっと違っている。それまで、つまり二十世紀には、両賞とも、同人誌の掲載作を候補にしたりすることがあったが、今世紀になってからは、『早稲田文学』を同人誌と見なせばそれもあるが、一般の同人誌は対象にならなくなり、直木賞候補になるのは、有力な出版社から単行本として出た一冊本が基本になった。

　それまでは、向田邦子や田中小実昌、林真理子の受賞作のように、複数の短篇で直木賞をとることもあったのだ。のみならず、芥川賞をとりそこねた純文学作家が、中間的な作品で直木賞をとるということがあった。井伏鱒二、梅崎春生、檀一雄、和田芳恵、車谷長吉《くるまたにちょうきつ》らである。さらには、今では『新潮』『群像』『文學界』『すばる』『文藝』が「純文学五誌」と呼ばれているが、過去には『海』（中央公論社）、『海燕』（福武書店）などもあった。これらの雑誌の新人賞（公募）を受賞した作品がそのまま直木賞をとるということさえあった（三好京三「子育てごっこ」は文學界新人賞から、芦原すなお『青春デンデケデケデケ』は文藝賞から)。

最近も、純文学作家だった島本理生《りお》が、何度か芥川賞候補になって落選し、通俗小説へ転換して直木賞をとるということがあったが、これは前世紀の、純文学のままで直木賞をとるのとは違っている。なお、「佐」「島」で始まる名前の作家は芥川賞をとれないというジンクスがあり、島本はそれを裏書きしてしまった。ほかにも島田雅彦、佐伯一麦《かずみ》、佐川光晴がこれに引っかかっている。直木賞にはその種のジンクスはない。

その私小説作家・佐伯一麦に『芥川賞を取らなかった名作たち』(朝日新書)という著書があり、佐伯は自分の著作はもちろんあげていないが、佐伯の無念がこめられた一冊であろう。ただし佐伯は、候補になったがとれなかった作品をとりあげているだけで、私にはそこに物足りなさを感じた。

実は私自身、二度芥川賞候補になってとれなかったということがあり、この選考委員ではもうとれないなと思って卒業宣言をし、次は直木賞を目ざすと宣言していたことがある。その時私は『馬琴綺伝』という曲亭馬琴の伝記小説を河出書房新社から出したのだが、直木賞候補はおろか、いかなる歴史小説賞の候補にもならなかった。その時、旧知の川口則弘さんのウェブサイト「直木賞のすべて」には、半年間の直木賞候補になりうる作品をすべて並べるコーナーがあったのだが、私の本がなかったので訊いたら、なんと、この二十年、河出書房新社から出て直木賞候補になった作品はないので、河出は除いてあると無情なことを言われてしまったのである。

そのあと私は『弁慶役者　七代目幸四郎』というのを書いて青土社から出してもらったのだが、

青土社なんて、アカデミックな方面では権威があるが文藝書ではまったくの泡沫だし、中身もとても直木賞などというものではなく、私の直木賞計画は頓挫してしまったのである。

そこで私は「直木賞をとれなかった名作」という著作を企画したわけだが、そこでは、候補になってとれなかったものだけではなく、芥川賞をとれなかった作家の、直木賞をとってもいい作品や、場合によっては、直木賞は確かにとったけれども、それより前の作品でとったほうが良かったんじゃないかというケースまで入れることにしたのである。これは宮部みゆきや浅田次郎が入り、もちろんなかにし礼『兄弟』も入れたくはあったのだが、何となく微妙なので外し、姫野カオルコのように、受賞作より受賞後の作（『謎の毒親』）のほうが面白いというケースも外す結果になった。

直木賞候補に三度なってとれなかった作家の青山光二は「『直木賞』怨恨記」（『わが文学放浪』実業之日本社）で、「だいたい私は、生活態度としては、過去を振り返らない性向の持ち主だと思っているのだが、直木賞に関してだけ、どういうわけか、そうは行かない。直木賞が来れば、人生が変るという、（変らない人も、私は現物を見て知っているが）どうやら、巷間《こうかん》伝えるところのそんな事情にこだわるものが私のなかにあるのかもしれないのだ」。

青山は、直木賞選考委員だった大佛次郎から「いかず後家」になってしまいますよと言われた話をこの前に書いている。「〝いかず後家〟のタイプとして、ある女流作家の名を（大佛が）あげた。才女の中の才女とされる作家で、筋の通った独自の異色作をつぎつぎと発表するが、芥川賞も直木賞も受賞していない。しかし、賞を取らないことが必ずしも〝いかず――〟の意味ではないだろう。大仏さんの高く評価するらしい件の女流作家に対する一般の評価がそれほどでない点を氏は云っている」。多分これは有吉佐和子のことだろう。

もちろん、「芥川・直木賞をとれなかった名作」みたいな本を書くより、自分が受賞したほうがずっといいに決まっている。かつて川端康成の弟子で、芥川賞候補になったがとれなかった澤野久雄は、川端にねだって、副賞の懐中時計だけもらったというが、私も副賞の時計がほしくて、時どきヤフオクで探しているが見つからない。村上春樹も芥川賞をとれなかった、といっても、そりゃ村上春樹くらいの大作家になればとれなくたっていいので、多くの芥川・直木賞のとれなかった作家は、「悔しい」と言いながら死んでいくだけなのである。

第二回直木賞受賞作は、鷲尾雨工《うこう》の『吉野朝太平記』だが、これは全部で六巻くらいある。檀一雄の受賞作『真説石川五右衛門』も三巻くらいだ。つまり当時は選考委員が必ずしも全部読んで選ぶというやり方ではなかったことになる。今では直木賞候補作は一冊、またはせいぜい上下二巻ものと限られていて、佐藤多佳子の『一瞬の風になれ』全三巻が、二〇〇六年下半期に候補になったのが、長いほうの最後になる。私は佐々木譲《じょう》が榎本武揚を描いた『武揚伝』全三巻が好きなので、佐々木が短篇集で受賞したのがちょっと不満である。

その昔、三回候補にされて落とされた筒井康隆が、『大いなる助走』で直木賞選考委員皆殺しを描いて恨みを述べたのは有名で、ＳＦはとれないと言われていた。実際今でも、ＳＦは芥川賞はとるが直木賞はとらないようである（景山民夫の『遠い海から来たＣＯＯ』が、「ＣＯＯ」は謎の生物だからＳＦだという説もある。なお私も、樋口一葉がもし長生きしたらというイフもののＳＦ

（？）『美人作家は二度死ぬ』を書いたことがある）。

　また、ホラーも対象にはならないようで、私が好きだった貴志《きし》祐介も候補になっていないし、舞城王太郎の『淵の王』は優れたホラーだが、舞城はなぜか芥川賞のほうで候補になってとれずにいる。ほかにも、ラノベや、文庫オリジナルの時代小説など、直木賞から外されているジャンルというのはある。ノベルスも形態で外されている。

　だからまあここでは、そういう、だんだん窮屈になっていく文学界＝文壇へのアンチテーゼとして、こんな文学史もあっていいいんじゃないかと、芥川・直木体制から外れた作品を並べてみせたというわけである。

　なお余計なことかもしれないが、私は時おり、小説について「面白くない」と言って、その理由を言えと言われるのだが、しばしば、面白くないことには理由はないのである。アントニオーニの「情事」という映画は私には退屈だが、絶賛する人もいる。退屈する私には理由はない、退屈だから退屈なのだが、絶賛する人には理由があるはずで、それをまず聞いて、ああそういうことは私には面白くないですね、となる順番ではないか。面白いことには理由があるが、面白くないことには理由はないのである。

第一章　戦前昭和

夢野久作「ドグラ・マグラ」1935

「ドグラ・マグラ」という言葉を私が初めて知ったのは、私の世代ではよくあることだろうが、「マジンガーZ」の最初にでてきた、ドグラとマグラという二体の機械獣によってであった。のち高校生になって、角川文庫に夢野久作（一八八九〜一九三六）『ドグラ・マグラ』があることを知ったが、実際に読んだのは大学院に入るころで、呉智英が大学時代に先輩から読めと言われたことを書いていたし、学生運動の時代に異端文学としてはやり、小栗虫太郎『黒死館殺人事件』や中井英夫『虚無への供物《くもつ》』とともに三大奇書と言われたことも知っていた。いま甲南大学の教授をしている、英文科の後輩で比較文学でも後輩だった田中雅史が、由良君美先生の影響で推奨していたので、読んでみたのだが、それほどの作とは思えなかった。

のち、ほかの「三大奇書」も読み、好きな落語家である桂枝雀が主演した映画も観て、これを書き換えたような奥泉光の『吾輩は猫である』殺人事件』も刊行当時読んだりして、割とこれはまあ、ましなほうかなと思うにはいたっている。話のネタにはなる。

これは要するにパズル的なもので、七人の小人のいる絵を切ってつなげ直すと六人になってしまうといったことを小説でやったものだろうが、それならむしろハインラインの「時の門」のほうが短くていい。『ドグラ・マグラ』は長すぎである。

『ドグラ・マグラ』は一九三五年一月に書き下ろし千二百枚の長篇として松柏館《しょうはくかん》書房から自費出

版され、月末には文藝春秋社のある大阪会館レインボーグリルで出版記念会が開かれ、夢野は九州から上京、江戸川乱歩、辰野九紫《きゆうし》、大下宇陀児《うだる》（司会）、甲賀三郎、鈴木氏亨《しこう》、森下雨村《うそん》、浜尾四郎、小栗虫太郎、高田義一郎、水谷準、松野一夫ら探偵小説作家が集まり、大下は「九州に蟠踞《ばんきよ》して誰も正体を知らない怪物をご覧に供し」と言い、「ドグラ・マグラ（幻魔術）とはどんな意味なのか、彼こそグレート・ドグラ・マグラではないか」「イヤ夢野久作とは福岡地方でぼんやり者のあだ名である」「長篇書き下ろしの名人たる彼は夢の旧作に非ずして有名な新作だ」と談笑の中に、精神医学者諸岡存《もろおかぞん》による作品批評、喜多流謡曲教授杉山萠円《ぼうえん》（夢野の別筆名）の咽喉に関する山崎楽堂の批評、銭湯に子供を忘れてきた話、「彼には洋傘《ステツキ》を貸すべし、必ずよりよき洋傘を返してくれる」という義弟石井博士の談などでにぎわい十時に解散した、と「読売新聞」一月二十九日号にある。

その年七月に第一回直木賞銓衡があったが、『ドグラ・マグラ』はさすがに候補にはならなかった。夢野の父・杉山茂丸は九州福岡の右翼の大物で、杉山其日庵《そのひあん》の筆名で『百魔』などという奇書を著したり、『浄瑠璃素人講釈』などという本を書いていた。前者は講談社学術文庫、後者は岩波文庫で復刊しているが、茂丸は『ドグラ・マグラ』刊行の年に脳溢血で死んでしまい、翌一九三六年三月、夢野もまた郷里で同じ脳溢血のため急逝してしまう。

その後小栗虫太郎も直木賞候補にはなっているから、夢野が生きていたら候補になることもあったかもしれない。『百魔』はのち書肆心水から全一巻で復刊したが、頭山満《とうやまみつる》を筆頭に、著者がそれまで遭遇した「魔」ともいうべき人物の言行を短篇形式で書いていくもので、全部でそれが百人ということである。私は読みかけたがあまりに独自な文章のため早々に放棄した。

中野実「花嫁設計図」1936

私が中学生の時、家の中の押入れで、春陽文庫の中野実（一九〇一～七三）『花嫁設計図』というのを見つけて、読み始めたら夢中になって、一晩で読み切ってしまった。東京で母一人娘一人で暮らしている由緒ある家の娘が、東工大卒の電器屋の青年と結ばれるというたわいもない筋で、今でいえばラノベである。だから中学生の私にちょうど面白かったので、とうてい直木賞などとるような作品ではない。はたして、私がその春陽文庫を母に示したら、「なんでこんな（下らない）ものがあるんだろう。ああそうだ、隣の奥さんがくれたんだわ」とか言ってたちまち捨ててしまったので、私はのちに古書店で文庫でないものを見つけて入手したが、文庫はいまだに再入手できていない。

著者の中野実は、戦後は、戯曲のほか、こういう「ユーモア小説」を多量に書き、その多くは春陽文庫という、軽い小説を入れるシリーズに入っており、かつ映画化もされている。美空ひばり主演の「娘十八御意見無用」（一九五八、東映）などもあるが、映画会社は東映、大映、東宝、松竹とさまざま、主演も高峰三枝子だったり多様だし、森繁久彌主演の「ふんどし医者」もある。「花嫁設計図」のような恋愛ものは、当時の「二人は若い」などのヒット曲と連動した昭和初年のブルジョワ社会の恋愛ブームから来ていて、戦後になるとそれが通俗化し、六〇年代からは現実化していくもので、だいたいアメリカから渡ってきたものである。それを小説化したものが、「ユーモア小説」と呼ばれて、母と娘の会話にダジャレが出てきたりする。それらが春陽文庫や秋元文庫に入って、私が中学生のころは書店でまとめて売っていた。さらに集英社でコバルト・ブックスという恋愛もの少女小説が書かれ、一九七六年に集英社文庫コバルトシリーズとして新たな文庫シリーズが生まれるのである。

たとえば森村桂の小説や自伝エッセイも、こういう種類の一つになるわけだが、それがなぜ「ユーモア小説」と呼ばれるのか、私は疑問だった。恋愛小説とか、青春小説でいいんじゃないかと思ったのだ。おそらく「恋愛小説」というと、昭和初年には、キスとかセックスを含むものと思われており、こうした「ユーモア小説」は、結ばれた二人がラストで初めてのキスをする、といううぶなものだったからではないかと思う。

西尾幹二がかつて批判していたが、戦後の石坂洋次郎『青い山脈』が、その映画化や主題歌と相まってあまりに喧伝されたため、まるで戦前は恋愛暗黒時代で、封建道徳の抑圧の下、『細雪』のようにおずおずしたお嬢さんがお見合いするだけだったのではないかと勘違いする人がいそうだが、実際は昭和初年「二人は若い」から、大正期浅草オペラの「おてくさん」もあり、『花嫁設計図』のように、「あなたにはいいなずけがいるのよ」「あら、あたしに三河島が」「三河島って、なにさ」「いい菜漬けの産地」といったダジャレの出る小説まであったのである。

こういう明朗路線は、森村桂から、赤川次郎へと引き継がれるが、それらはおおむね、「大人の文学賞」である直木賞とは無縁であった。この路線をより大人向けに展開したのが、『光る海』や『あいつと私』の石坂洋次郎で、石坂は直木賞選考委員でもあった。つまり直木賞は「大人の文学賞」であり、したがって星新一や新井素子は問題外とされたし、SFはほぼ範囲外とされたのである。これに対して芥川賞は、いくらか「青年の文学」であるところがあって、そのために石原慎太郎や村上龍、金原ひとみなどが受賞したのだともいえる。

直木賞選評で否定的によく言われる「人間が描けていない」というのは、まだ大人の文学ではない、ということを意味しているだろうし、六〇年代の直木賞が、特に「中間小説」的だったのも、サラリーマン男性を中心にして考えられていたからということができるが、今でも根本的にその姿勢は変わっていないだろう。

なお中野実は第一回、第三回直木賞で、業績全般をもって候補に挙げられており、戦時中には選考委員に名を連ねていたこともある。

獅子文六「悦ちゃん」１９３８

「悦ちゃん」を私が知ったのは、小学六年生（一九七四）の時にＮＨＫの少年ドラマシリーズで放送されたからで、妻をなくした頼りない作詞家のパパを沼田爆が演じ、その一人娘の悦ちゃんが大活躍してパパの再婚相手を見つけるというハートフル・ストーリーだった。

ところがその直後、劇団四季が上演したのを「ＮＨＫこどもミュージカル」として放送された、エーリヒ・ケストナー作の『ふたりのロッテ』を観た私は、これもすっかり気に入って、岩波少年文庫に入っていた原作（高橋健二訳）を買ってきて読んだのだが、のち比較文学の大学院へ行った時、後輩の泉千穂子さんが『ふたりのロッテ』で修論を書くというので思い出して、何だか『悦ちゃん』と『ふたりのロッテ』は似たところがあるな、と思い、もしかしたら獅子文六が「ロッテ」にヒントを得て書いたのでは、と思って調べたら、「ロッテ」のほうがあとなのである。どうも、時代の雰囲気みたいなものが共通にあったんじゃないかなあと思ったりもした。

獅子は、本名・岩田豊雄（一八九三〜一九六九）で『海軍』などという小説も書き、演劇界でも久保田万太郎や岸田國士《くにお》とともに指導的立場にあり、獅子文六の名では滑稽小説などを書くという八面六臂の活躍をした人で、戦後になると、四国の一部が独立するという小説『てんやわんや』を書いて、「てんやわんや」を流行語にし、一般語にしてしまった。福田和也は『作家の値うち』で、東北地方の独立運動を描いた井上ひさしの『吉里吉里人』をくさして、『てんやわんや』のほうが面白い、としたのだが、私もまあ井上の人柄が嫌いだが、ちょっとこれは『てんやわんや』を褒めすぎじゃないかと思った。

のち、獅子名義で、私小説『娘と私』（単行本は一九五五〜五六）を書いてその後これを原作にNHKで朝の連続テレビ小説になっており、獅子の代表作を挙げるならこれだが、『悦ちゃん』は第四回直木賞候補作なので、これを挙げておく。獅子は第二回以後三度目の候補だが、この第四回で受賞したのは木々高太郎の『人生の阿呆』で、今日まで愚作が受賞したと言われており、『悦ちゃん』なら良かったのに（ほか『金色青春譜』など三作が候補）というところだ。

なお獅子＝岩田は戦時中から戦後の復活期まで、直木賞選考委員に名を連ねた時期が長いのだが、二回しか出席したことがなく、あとはずっと欠席している。といっても獅子が特に不真面目だったわけではなく、谷崎潤一郎など名前があげられていても一度も出席していないので、それでも名をあげておくあたり、ぞろっぺえな時代だったともいえるのである。

坪田譲治「風の中の子供」１９３８

坪田譲治（一八九〇～一九八二）は、私が中学・高校生のころまだ存命で、死んだのは私が大学一年の時で、九十二歳になっていた。中学生のころ、学校側がタダで配布する本のリストをくれた中から、私は坪田の『日本むかしばなし集（三）』を選んだのだが、単にほかに読みたいものがなかったからである。坪田は小川未明、浜田広介と三人で「児童文学界の三種の神器」と呼ばれたというが、鳥越信《とりごえしん》や古田足日《ふるたたるひ》が一九五三年の「少年文学宣言」で、この三人を、古くて暗いイメージがあるとして否定し、「さよならひろすけ」などとやったのに対して、坪田は反論し、雑誌『びわの実学校』を主宰して多くの新人を世に出した。

坪田も、児童文学と大人向け小説と双方を書いていたが、未明は元は坪内逍遥門下の、大人向け一般小説家だった。坪田は昭和初年に「善太と三平」という兄弟もののシリーズを書いて、その中で『風の中の子供』が、父親が会社を経営していたのだが、経営が苦しくなったかで私文書偽造で警察に逮捕されてしまったことで不安を抱く二人を描いて、人気を博している。この作は一九三七年に清水宏監督で映画化された（善太は葉山正雄、三平が爆弾小僧）、一九五七年に再映画化されている（「善太と三平物語　風の中の子供」山本嘉次郎《かじろう》監督）。

坪田は日本藝術院賞も朝日賞もとっているが、藝術院会員は、大岡昇平が辞退したことでも知られ、天皇制と結びつきが強いので、左翼的な人物は辞退・拒否することがあり、朝日賞は、むしろそういう人物に与えられる「左翼の文化勲章」みたいなところがあるが、坪田のように両方とる人もいる。

坪田や未明の世代では、児童文学作家もこの種の名誉に与かっていたが、そのあとは、大人の文化と子供の文化の分化が進んだか、児童文学で藝術院に入る人はいなくなった。それでも、灰谷健次郎のように、児童文学出身で大人にも人気のある作家というのはいた。坪田の弟子には松谷みよ子らがいて、松谷は厳然たる左翼だったから、国家的褒章は受けなかった。

私が高校生から浪人生をへて大学生になるまで、一九八〇年から八二年まで「朝日新聞」水曜日朝刊の十四面文化面に「椎名誠のマガジン・ジャック」というコラムが連載されていて、『ブルータス』とか『写楽《しゃがく》』とかの雑誌をなで切りにしているのを面白く読んでいたが、『びわの実学校』がとりあげられたことがあった（一九八〇年十二月三日）。いくつかの雑誌紹介の一つだが、「隔月刊でもう一〇二号も続いている。創作もさし絵もプロの手になるもので、コマーシャリズムに毒されない良質の内容はそのまま子供に与えても心配ないという感じ。坪田譲治は九十歳になったそうだ。いつまでも長く続けてもらいたいものである」などと書いてあり、あの「不良」の椎名誠がこんな優等生的なことを書くのかと驚いたが、もうすぐ十八歳になる私には、ふだん毒舌で鳴らす人物がこういうまじめなものを褒めるという大人の世界の「ワザ」がちょっと見えた気がしたものであった（これと同類なのが、筒井康隆の『玄笑地帯』に載っている、高校で筒井の作品を劇化上演した話）。

坪田は戦後まで、児童文学だけじゃなく大人向けの小説も『新潮』や『小説新潮』に書いていて、これが講談社文芸文庫『せみと蓮の花・昨日の恥』に入っているのだが、身辺雑記でありながら無類に面白い。

参考文献　岡野薫子『坪田譲治ともうひとつの『びわの実学校』』平凡社、二〇一一年

岩下俊作「富島松五郎伝」１９３８

岩下俊作（一九〇六〜八〇）は、九州出身の作家で、「富島松五郎伝」は出世作だが、「無法松の一生」の原作と言ったほうがはるかに通りはいいだろう。戦前は板東妻三郎、戦後は三船敏郎主演で映画化され、いずれもヒットした古典的映画で、『富島松五郎伝』は私が若いころ中公文庫に入っていたので読んだ。作品としてそう優れたものとは思えなかったが、映画によって後世に残る文学作品というのもあるものである。

太宰治「女生徒」１９３９

近頃有名になってきた太宰の「女生徒」だが、私は一九七八年、高校一年の時に読んで、あこがれたものだが、当時はまだ、これが有明淑《しず》という実在の女学生から送られてきた日記をもとにしたものだとは知らなかった。しかし、「走れメロス」では、シラーの詩を小栗孝則が訳したのをほぼそのまま散文に直して恬《てん》としていた太宰も、「女生徒」では、口調こそ借用しているが、思ったほどもとの日記そのままではなく、かなりオリジナルである。

どうも太宰治（一九〇九～四八）というと自意識がどうとか女と心中して女だけ死なせるとかのイメージが強すぎるのだが、作品としては短篇の、むしろ私小説じゃないもののほうがいいと思う。「カチカチ山」「眉山」「竹青」（元ネタは「聊斎志異」）「フォスフォレッセンス」「メリイクリスマス」とか「新釈諸国噺」とか、むろん「駆込み訴へ」「ろまん燈籠」「葉桜と魔笛」「老ハイデルベルヒ」とか、すでにある作品を換骨奪胎したものなどがうまい。

戦後ベストセラーになった『斜陽』は、太田治子を生んだ愛人の太田静子がモデルなのだが、あの作品は最初のところがいいのであって、あとはどうでもいい、というような珍妙な作品である。

「女生徒」は短篇だが、これを表題作にした短篇集（砂子屋《まなごや》書房、一九三九）をもって直木賞をとらせれば良かった、というような趣向である。第一回芥川賞をとったのは新人とされる石川達三だが、受賞作「蒼氓《そうぼう》」はブラジル移民を描いた作品で、石川自身も移民としてブラジルへ行ったのが、なぜか戻ってきたということになっている。しかし移民というのは嫌になったら戻ってくるなどという生なものではなく、石川は単に移民船の管理人だったのである。

そのことはそれより前に出したノンフィクション『最近南米往来記』（一九三一）に書いてある。つまり石川は著作があるので、新人かどうかすら疑わしいのだが、のち流行作家となったため、そのことは曖昧にされてきた。だが『最近南米往来記』は中公文庫にも入ったし、第一回芥川賞はおかしかった、と言ってもいいのである。しかも、太宰のほか高見順も候補だったのが、第三回選考の時に、一度候補になって落とされた者は候補にしないということを場当たり的に決めたために、太宰は芥川賞がとれなかったのである。

ところで、「女生徒」が載ったのは『文學界』で、はじめ川端や小林秀雄らが同人誌として出し、のち文藝春秋社の刊行になったものだが、あの有名な太宰が選考委員川端に対して「刺す」などと書いたのは、文藝春秋社の出す『文藝通信』誌上でのことで、太宰は別に文藝春秋周辺から干されたりはしなかったのである。

同じころ龍胆寺雄《りゅうたんじゆう》が、川端の短篇「空の片仮名」を代作だと書いて、文壇を追放されたとか言われていているが、実際にはその後も直木賞候補になっていて、龍胆寺は結婚式での奇行とか頭が変になったとかで消えていったので、文壇からのパージなどというのは戦後のほうが厳しく、今世紀に入ってからはなお厳しいのである。

田中英光「オリンポスの果実」１９４０

田中英光（一九一三～四九）は、太宰治の弟子で、太宰が心中した翌年、三鷹の太宰の墓前で、毒を飲み、左手首を切って後追い自殺した作家である。その子がSF作家の田中光二で、二〇一二年に自殺をはかったが軽傷で命は助かったものの、それ以後作品の発表はない。

田中英光は、もとはロサンジェルス・オリンピックの競漕《きようそう》選手として参加しているが、大学を出てから作家として、多くの私小説を書いた。「魔子」という若い女に入れあげたてんまつを描いた「魔子もの」などで知られる。作家デビュー前の西村賢太が、田中英光研究をしていて、私も数冊、西村が自費刊行した『田中英光私研究』を持っている。英光は、太宰の「カチカチ山」で、ウサギに恋して殺されてしまう哀れなタヌキのモデルだと言われ、大柄だったという。

もっとも、田中英光の名を後世に残したのは、オリンピック参加の時の片恋の経験を描いた『オリンポスの果実』という中篇小説であった。オリンピックに向かう船の中で一緒だった陸上の選手の女性を好きになってしまうのだが、当人に言い出せないまま、好きだということだけが相手に伝わってしまうという実にへまな話で、結局ろくなことはできずに帰国するという話である。

のち『田中英光全集』全一一巻が芳賀書店から刊行されるが(一九六五年)、戦後の田中の酒癖や女癖は相当悪く、周囲の人を手こずらせ、入院したりしたあげく、師を追っての自殺だったが、作品もまた、実に益体のないものばかりで、結局『オリンポスの果実』には及ばないのである。息子の田中光二が『オリンポスの黄昏』という父の伝記小説を書いているが、田中光二のほうも、直木賞は一度候補になってはいるがとれず、吉川英治文学新人賞をとっている。結局『オリンポスの果実』が一番いいということになるんじゃないだろうか。

「オリンポスの果実」は、一九七六年、私が中学生の時にＮＨＫの「銀河テレビ小説」でドラマ化されたこともあり、それほどちゃんと観てはいなかったが、ヒロインをやったのが萩尾みどりで、主題曲が懐かしい。

第二章　戦後昭和Ⅰ

織田作之助「それでも私は行く」１９４７

オダサク（一九一三〜四七）といえば「夫婦善哉《めおとぜんざい》」「六白金星《ろっぱくきんせい》」『土曜夫人』などが代表作だが、ここではあえて長篇私小説『それでも私は行く』をあげておきたい。

オダサクは大阪出身で、第三高等学校、つまり今の京大の教養部中退なのだが、その時のことを描いた私小説で、これには思い出がある。『それでも私は行く』に「（弓子が掏摸であることを）たまたま隣の部屋で聞いた望月はこれを奇禍として脅迫的に弓子を誘惑しようとした」とあり、「奇貨として」の誤植なのだが、『織田作之助全集6』（講談社、一九七〇）には、確かに「奇禍」とあった。そのあとに出た『定本織田作之助全集』（文泉堂書店、一九七六）を底本とした青空文庫を見たらやはり「奇禍」である。これは「小田索之助」という三高出身の作家が出てきて、桑原武夫とか伊吹武彦とか吉村正一郎がすぐ分かる変名で出てくる長篇で、戦後「京都日日新聞」に連載され、一九四七年に大阪新聞社から単行本が出ている。で、その単行本を見たら「奇貨として」とあった。つまり講談社版全集が誤植したのを、文泉堂がそのまま、テキスト・クリティークをしないで踏襲したのがばれてしまったわけである。

また、『ベスト・エッセイ集　午後おそい客』（文藝春秋、一九八四）に、産経新聞の永田照海の「伊吹武彦氏のこと」というのがあり、京大フランス語教授の伊吹が退官したあと、産経で匿名コラムを書いていた話である。中に、オダサクが三高での伊吹の教え子で、「それでも私は行く」を連載した時に伊吹を「山吹」の名で登場させたが、祇園の料亭へくりだすところで、新聞の誤植でそれが「伊吹」と本名になってしまって困って苦情を言ったら、翌日、「山吹教授がいたと書いたのは間違いで、教授は教え子の結婚式の仲人をしていて欠席だった」と書いたという話がある。そこは単行本版では、

林檎の唄にかけてはかなりのうんちくのある山吹教授は、明日結婚式があるので欠席した。山吹教授が結婚するのではない。山吹教授の媒酌する結婚式があるという意味だ。山吹教授の林檎の唄がきけないというので代って島野二三夫が文若という一寸色っぽい芸者の三味線で唄っていた。

となっている。本書の刊行は、オダサクの急死後のことだった。

徳永直「妻よねむれ」1948

徳永直《すなお》（一八九九～一九五八）といえば、熊本出身のプロレタリア文学の作家で、戦争前の大衆小説『太陽のない街』が有名だが、純文学としては、私小説『妻よねむれ』が代表作であろう。愛妻家で、三人の子供がいたが、妻は戦争中に病気になり、敗戦の前に死んでしまった。徳永は、一九四六年三月から『新日本文学』に「妻よねむれ」を二年近く連載して、亡き妻を悼み、天女

のごとくにあがめた。

プロレタリア文学の仲間だった壺井栄は、詩人の壺井繁治《しげじ》の妻だったが、妹がまだ独身でいたので、後妻として徳永に世話をした。徳永は、会ってみて、あまり意に染まない感じではあったが、壺井に遠慮して家に来てもらったが、やはり妻とする気になれず、夫婦の交わりをしなかった。子供たちは懐《なつ》いたようではあったが、結局妹は泣いて壺井栄のもとへ帰ってしまった。

壺井栄はこれを恨んで、一九四七年、四八年に「妻の座」を『新日本文学』に書いて恨みを晴らそうとした。そのあとも、一九五三年に壺井栄は「岸うつ波」を『婦人公論』に連載して、かわいそうな妹のことを描いた。徳永は、子供たちがまだ小さいから、これに黙って耐えていたが、一九五六年、もう子供たちも成長し、事件から十年たった時に、「草いきれ」を『群像』八月と九月号に載せて、初めて徳永の側からみたこの破婚事件を描いたのである。

徳永が壺井にはっきり断れなかったことや、夫婦関係を持てずに終わったことはともかく、最後に壺井が夫の繁治とともにやってきて話をした時に、壺井栄が玄関先で、徳永を蹴りつけた、と書いてあるのが、壺井の「やってない」という反論になった。

壺井は『群像』十一月号に「虚構と虚偽「草いきれ」に関して」を書いて、蹴る、などということはしていないと反論し、さらに十二月号に「徳永直氏へ」を載せ、徳永は「破婚問題を扱う態度について・壺井栄氏に答えながら」をそれぞれ一ページずつ書いたが、これは編集部側で、水かけ論になるからというので、お互いが一ページずつ書いて終りにするということにしたのであった。

『太陽のない街』と『二十四の瞳』は有名だが、その作者たちにこんな後日談があったことは、あまり知られていないだろう。ともあれ、ここで直木賞をとってもいい、としたのは『妻よねむれ』のほうである。

梶野悳三「ジャコ万と鉄」１９４８

これも「無法松の一生」と同じで、二度映画化され、映画化されたために知られている小説である。小説の元の題は「鰊漁場」といい、北海道のヤッチャ場の二人の荒くれ男の女をめぐってのイザコザが描かれるもので、最初は一九四九年に谷口千吉監督で、三船敏郎と月形竜之介、浜田百合子で映画化され、二度目は一九六四年、深作欣二監督で、高倉健、丹波哲郎、高千穂ひづるで映画化されている。

梶野悳三《とくぞう》（一九〇一～八四）は、元海軍兵曹で柔道家でもあり、長谷川伸の新鷹会《しんようかい》に属していたから、柔道ものをよく書いたが、「ジャコ万と鉄」でかろうじて記憶される作家である。一九五〇年と五二年に二回、直木賞候補になっている。

しかし北海道のニシン漁は「石狩挽歌」や「舟歌」（八代亜紀）にせよ、関係ない地方の人間の琴線に触れるものでもあるのであろうか。ニシン漁を扱った小説には、たいてい「ニシン群来《くき》だ！」というセリフが出てくるのが千篇一律で妙におかしい。

大岡昇平「俘虜記」1949

大岡昇平（一九〇九〜八八）は、一九七一年に日本藝術院会員に選ばれた時、「捕虜になった過去があるから」とこれを辞退して話題を呼んだ。一般に大岡は左翼的と見られていて、藝術院会員になれば天皇に挨拶して一緒に食事をしたりしなければならないから、辞退したのだと見られた。これより前に内田百閒も「イヤダカラ、イヤダ」と言って藝術院を辞退して話題になっているが、こういうのは当時、当人の意向を聞かずに発表していたからで、その後、武田泰淳などは意向を聞いて辞退と分かったから死ぬまでそのことは発表しなかった。辞退をすれば右翼からの嫌がらせなどもあるだろうから、これが当然であろう。

大岡は東京渋谷育ちで、高校生のころから小林秀雄にフランス語を習い、京大仏文科を出てから神戸の帝国酸素という会社に勤めながらスタンダール研究をして翻訳などしていたが、三十過ぎて兵隊にとられてフィリピンへ出征し、捕虜になった。その時の経験を描いたのが『俘虜記』だが、「俘虜記」には二種類あって、長篇のほうの冒頭部の「捉《つか》まるまで」が、はじめ「俘虜記」と題されたので、これをさすこともある。

大岡には、戦場をさまようさまを描いた「野火」があり、世間的にはこちらのほうが名作扱いされていて、丸谷才一は『文章読本』で「野火」の比喩の使い方をずっとサンプルにしている。これは人肉食も主題になっているが、「捉まるまで」は、アメリカ人の若い兵士に対して「父親の感情」を抱いて撃てなかったという、やや同性愛的なものが主題になっている。どうもこのあたりは、大岡が子供のころキリスト教の影響を受けていたかららしい。

だが、私は「野火」や「捉まるまで」にはあまり関心はなかった。四十近くなって作家デビューする大岡に小林は「描写なんかするんじゃねえぞ、あんたの魂のことを書くんだよ」と助言したそうだが、「野火」や「捉まるまで」ではいくらか小林の助言に従った大岡は、しかし長篇『俘虜記』では「描写」をした。自分が目にした事実を、浪人生だった私が感嘆するほどの文章で描写したのである。俘虜になっていた建物について、文学というのは言葉で描写するものだから、図示なんかしたくないと言いつつ図示していたり、ユーモアもまたいい。

大岡はスタンダリアンだったが、『武蔵野夫人』はスタンダリアン的にロマンを書こうとしたのだろうが、売れるには売れたが、私は評価しない。大岡は長篇『俘虜記』がいちばんいい。ほかには『事件』などもあるが、私は私小説『萌野《もや》』が好きだ。

コラム 山田克郎の思い出

私が初めて読んだ直木賞作家は、もしかしたら山田克郎《かつろう》（一九一〇〜八三）だったかもしれない。初めて読んだ芥川賞作家は、五歳のころ『子どもべや』という雑誌で読んだ「ほうきぼしのつかい」の作者・三木卓《たく》だった。

一九七四年、私は小学校六年生になる年だったが、その年の大河ドラマは「勝海舟」で、山田克郎が子供向けに書いた『勝海舟』（鶴書房）を父が買ってきてくれて、それを読んだからだ。

山田は一九四九年下半期の直木賞をとっており、戦後第二回の直木賞だった。父は「海の廃園」ってのを書いた人だ、と言ったから、覚えていたのだろう。当時は、売れなくなった作家が、こういう子供向けの伝記や古典のリライトをするという仕事をしていたが、今では子供向けリライトは専門に書く人ができてしまって、売れなくなった作家の仕事はなくなってしまった。

高木彬光「刺青殺人事件」1951

推理作家で直木賞をとったといえば、初期には木々高太郎がいて、戦後は有馬頼義《よりちか》がいる。松本清張は芥川賞、水上勉も一時推理小説で売れたがこれは直木賞だ。ほか、鮎川哲也、高木彬光《あきみつ》、仁木悦子、森村誠一、夏樹静子など、直木賞はわりあい推理小説に冷淡だったし、最近でも、「新本格派」の綾辻行人や有栖川有栖などは、候補になったことすらない。つまり直木賞はやっぱり「文学」の賞なのであって、「人間が描けて」いないといけない、「パズル」ではダメなのだ。

私はカナダ留学中に、孤独と無聊《ぶりょう》に苦しんで、ヴァンクーヴァーのダウンタウンのとっつきにある、ソフィア書店という日本の本を売っている店へ行っては、群ようこのエッセイとか、軽い読み物を買ってきていた。中に推理小説もあって、いろいろ読んだが、割と面白かった。高木彬光（一九二〇～九五）の初期作品『刺青《しせい》殺人事件』というのは、パズラーだが、面白かった。高木といえば、角川映画になった『白昼の死角』などが知られるが、これは推理小説ではない。

高木といえば松本清張のライバルで、山村美紗を取り合った、などということが西村京太郎の『女流作家』とその続編に書いてある。

ついでに言うと横溝正史も、戦後活躍した推理作家だが、こちらは江戸川乱歩と同世代だ。私は『犬神家の一族』みたいな一時期やたら映画化された村の伝奇シリーズが好きではないが、『蝶々殺人事件』というのは面白かった。

佐藤碧子「東京の人」1951

これはまったく変な例だが、『東京の人』というのは、川端康成が「東京新聞」などに連載した最長の小説と言われているもののことだ。新潮文庫版で三冊、川端全集で二巻という長さだが、残念なことに、戦前文藝春秋社で菊池寛の秘書をしていて代作もしていた佐藤碧子《みどりこ》の代作であることが分かっている。

佐藤碧子

佐藤碧子（一九一二〜二〇〇八）は小磯なつ子の名で小説も書き、戦後直木賞候補になっているが、夫は戦後六興出版社の幹部で社長も務め、五十代で死んだ石井英之助だったが、甥の矢崎泰久が、当時碧子と同居しており、『東京の人』は碧子が代筆していたと証言している（『口きかん』）。碧子は川端の作品のうちいくつかをかなりの程度手伝ったと見てよく、『万葉姉妹』『川のある下町の話』なども代作、『女であること』もあらかた佐藤が下書きをしたとされている。

しかし悲しいことに、私は若いころ、池袋駅から立教大学へ行く途中にあった、文庫本専門店の古書コーナーで『東京の人』の文庫版全三冊のうち上と中を買って夢中で読み、そのヒロインの弓子という少女が好きになりまでして、下巻が見つからなかったので川端全集の端本《はぼん》を買って読んだほどだったのである。

いくらか複雑な家庭を描いていて、碧子が何をモデルにしたのか、詳細な研究はなされていないが、そこに登場する半分孤児のような弓子というヒロインがとても魅力的で、そのモデルは川端の美しい養女だった政子ではないかとも言われている。この中に、義理の父が少女の弓子をキャバレーに連れて行く場面があり、大学生でキャバレーなんか行ったことのない私は、キャバレーというのはそんな女の子を連れて行っていいものなのかと驚いたものだが、やはりこれはちょっと特殊なことがらだったらしい。

しかし、代作だというので闇に葬られてしまうのは惜しい小説で、確かに川端風に書かれているのに作者は別の人だというのはまずいのだけれど、ここでは特例として、佐藤碧子（小磯なつ子）作の長篇小説として、直木賞をとるべきだった、としておきたい。

コラム　海音寺潮五郎（直木賞こぼれ話①）

海音寺潮五郎（一九〇一～七七）といえば、第三回直木賞の受賞者で、今日も読み継がれている大作家である。私が中学二年の時のＮＨＫ大河ドラマが、平将門を主人公にした「風と雲と虹と」で、原作が海音寺の『平将門』と、藤原純友を主人公にした『海と風と虹と』であった。私は実に夢中になってこの二編を読み、ドラマのほうも土曜日の再放送時にはいいところを録音する（当時ビデオがなかったため）くらい熱心に観て、その民主主義思想に影響を受けたことが、四年前にＤＶＤで全部見返したらよく分かった。なお「虹」というのは本来は不吉なもので、『海と風と虹と』では、純友の最後の没落が暗示されているのだが、ドラマのほうではそのことを意識していたかどうか。

あと海音寺には、上杉謙信を主人公にした『天と地と』があり、これは私が小さかったころ、初のカラー大河ドラマとして、石坂浩二が謙信を演じて放送され、これは全部は観ていないが、原作はこれまた当時夢中で読んだ。

もっとも、そのあと私はあまり海音寺を読まなくなった。直木賞受賞作の「天正女合戦《おんなかつせん》」は、秀吉の妻・北政所と愛妾・茶々の、黒百合をめぐる確執の話だが、のちこれが長く書き直されて『茶道太閤記』になったので、知らずに読んで、同じ話じゃないかと思った。『蒙古来《きた》る』は数年前に初めて読んだのだが、元寇にまつわる北条時宗や日蓮の話かと思ったら、まったく架空のペルシャの王女とかが出てくるファンタスティック時代劇だったからあまり面白くなかった。ライフワークの『西郷隆盛』もあるが、私は西郷が嫌いなので読んでいない。

「平将門」が入っている『悪人列伝』の一も中学生当時読んで面白かったが、ほかの『悪人列伝』『武将列伝』は、大人になってから読むとちょっと食い足りなかった。それにしても、小学生のころ、読書感想文指定図書という形で面白くもない道徳的児童文学を読んで、文学というものに偏見すら持っていた私に、小説の面白みを教えてくれたのが海音寺潮五郎であった、とは言えるだろう。

コラム 藤原審爾と藤真利子

私が子供のころ、家に藤原審爾（一九二一～八四）の『孤独のために感傷のために　わが闘病の記録』という裸本があった。一九五八年に出た本だが、肺結核で闘病しながら妻子を養うために執筆をつづける藤原のエッセイであった。藤原が直木賞をとったのは五二年のことである。父が買って読んでいたのだろう。父は高校在学中に肺結核になり、三年病臥して、ストレプトマイシンで治ったが、大学受験に失敗して、時計修理工になった。その間、小説家を目ざしていた時もあり、それでこんな本を買ったのだろう。

中学三年生の時、私は観ていなかったが、テレビで藤原原作の「天の花と実」という恋愛ドラマが放送されていて、竹下景子がヒロインを演じており、風呂場でヌードになるかどうか、というようなことがどこかに書いてあった。当時私は竹下さんのファンになっていたから、気になった。

その翌年、水上勉の「飢餓海峡」がテレビドラマ化されるに当たり、これは内田吐夢の映画が有名だが、ヒロインをやるはずだった多岐川裕美《ゆみ》が、意見の相違から降りて、代役として新人の藤真利子が起用され、好評を博した。それが藤原審爾の娘だった。

あとで調べたら聖心女子大卒で、直木賞作家の娘で聖心卒なら、小学校から聖心なんだろうし、お嬢さん女優なのである。当時、藤原は、それほど有名な作家ではなかったが、娘が有名になると、角川文庫あたりでぼちぼち復刊したりして、「娘の七光りなんて、いやだね」なんて、本人も言っていたが、まんざらでもなかったのではないか。

藤原といえば「秋津温泉」が有名だが、のちに吉田喜重による映画を観てその迫力に打たれ、藤原の原作を読んでその文章に打たれた。

阿川弘之「春の城」1952

阿川弘之（一九二〇〜二〇一五）といえば、元海軍で、『山本五十六』とか『井上成美《せいび》』とか海軍軍人の伝記を書く作家で、海軍は陸軍よりリベラルだったと言われつつも、右翼的と思われているが、娘がタレントで作家の阿川佐和子で、若いころ、「いずれ父を阿川佐和子の父、と言わせてやる」と思っていて実際そうなったというからすごい。

私はその「右翼」に関しては、さほど阿川を悪い人だと思ってはいない。もともと志賀直哉を崇拝する文学者で、東大の卒論が志賀直哉だったというが、存命の作家を卒論にしてもよかったのか。

のちに伝記『志賀直哉』を書いた際、「評伝」と言われて、「評」なんか書いた覚えはない、と言ったというが、私も作家伝記はいくつも書いているが、なんで世間は「伝記」でいいのに「評伝」と言いたがるのか疑問だったから溜飲が下がった。あと、作家になった理由について、「少しの名誉欲」と言っていたのも、隠し事をしない立派な人だと思った。

中公文庫に『山本元帥！阿川大尉が参りました』というのがあって、これは確か『中央公論』に載ったあと文庫に入れたもので元は題名が違っている。山本五十六が戦死した時に墜落したブーゲンビル島で山本機の残骸を探す紀行文である。題名を見て、この元軍人右翼作家が、と思う人がいるようだが、この題名には「自嘲」が入っているではないか、それが分からないのかと情けなく思う。

阿川の郷里は広島で、だから原爆で家族を失う経験までしており、『魔の遺産』のような作品も書いている。が、息子の阿川尚之《なおゆき》は、むしろ親米派の学者になった。これも阿川がエライと思うのである。江藤淳などは反米に凝り固まってしまったが、日本の地政学的位置からいって、米国に頼らなければやっていけないし、むやみと反米になるべきでないという考えが実に正論である。

私は佐和子の文章によって、阿川家に神棚がないと知って、椅子から転げ落ちそうになるくらい驚いた。実は私の最初の妻の父親は、江田島の海軍学校に行っていて敗戦を迎えた人で、食卓の後ろに神棚があり、「お宅では神棚はどこに」と私に訊くから、いえありませんと答えたら、「えっ、神棚がない！」と驚いていたからで、元軍人というのはそういうものだと思っていたからである。

『春の城』でも、戦争が終わったあとの会話で「天ちゃんだってたまらないよ。自分の名前を叫んで死んでいった若者がたくさんいるんだから」などというセリフがあって、おお、と思ったことがある。

『国を思うて何が悪い』というカッパブックスのハードカヴァーも読んだことがあるが、実にまっとうなことしか書いてなかった。『ぽんこつ』とか『犬と麻ちゃん』のような通俗小説を書いて家庭の生計を支えようとする姿勢にも好感を抱かざるをえない。

三島由紀夫「恋の都」1954

私は三島由紀夫（一九二五～七〇）が嫌いである。二〇二〇年に没後五〇年を迎えた時は三島ブームみたいになって大変気持ち悪かった。もっとも、三島に才能があるのは認めざるを得ない。特に戯曲、通俗小説がうまい。『潮騒』なんか、実際は大した小説ではないのだが、ベストセラーになって映画化されるところまで見込んで書いているのがニクイ。

戯曲では「サド侯爵夫人」と「鰯売恋曳網《いわしうりこいのひきあみ》」だが、後者のような歌舞伎らしい歌舞伎を戦後になって書けるということには嫉妬も感じる。「サド侯爵夫人」は、若いころはいいと思ったが、三度目に観ていたら「あ、これにはもう飽きたな」と思って途中で帰ってしまった。「鹿鳴館」もまあ、二度観たらいいほうだろう。

許せないのは『金閣寺』とか『仮面の告白』とか「豊饒の海」とかの疑似純文学で、ひたすら観念でこしらえあげられた生硬な言葉の世界で、うっとうしいことこの上ない。

しかし、四十五歳で死んだというのに、作品数の多さには呆れる。特に通俗小説は、『美徳のよろめき』『永すぎた春』『潮騒』などは知っていたが、ほかにも、安部譲二をモデルとした『複雑な彼』(一九六六)とか、『純白の夜』(一九五〇)『夏子の冒険』(五一)『にっぽん製』(五二)『幸福号出帆』(五五)『お嬢さん』(六〇)など、文庫化されると知ることがあるため、次から次へと発掘されているような気すらする。

そんな中で私が感心したのは、初期の一九五三年に書かれた『恋の都』で、『主婦之友』に連載されたものだが、最近(二〇〇八年)ちくま文庫に入ったので知って読んだら、面白かった。若者たちの、アメリカ音楽をやる生活を描いているのだが、いいのは、反米的なところのないことで、素直にアメリカ文化を受け入れている感じがあり、後期の江藤淳なんかとは違った三島流のアメリカとのつきあいが自然に流露している感じがあった。

ところが、ちくま文庫の解説を書いた千野帽子は、この小説に、鹿鳴館文化みたいな「トホホ感」を感じるというから、そうかなあと私は苦笑いしたのだが、私はだいたいが、軽蔑的に言われる鹿鳴館外交にしても、ある種の必然があってやったことだと思っているし、全体に西欧に対するコンプレックスをあまり自覚しない。むしろ一九三〇年ころ生まれの私の師匠などは、若いころに日本の敗戦と占領に遭遇し、留学してもまだ貧しい祖国のことを考えたりしたから、西欧コンプレックスがひどくて、それで右翼っぽくなったりしていたものだが、三島にそれが感じられず、私とあまり年が違わない千野帽子にそれがあるのが不思議な感じがした。

金達寿「玄海灘」1954

「玄界灘」ではなく「玄海灘」である。在日朝鮮人作家・金達寿《キムダルス》（一九一九〜九七）の代表作長篇で、左翼系の『新日本文学』に連載されて、筑摩書房から長篇として刊行され、話題となった。一九四四年ころの日本支配下にある朝鮮で、朝鮮独立を目ざす若者二人を描いたリアリズム小説である。芥川賞候補にはなったが、すでに刊行された長篇ということで外されたらしい。のち金は短篇「朴達《バクタリ》の裁判」でも芥川賞候補になっており、こちらは受賞してもおかしくない出来であった。

野間宏の『真空地帯』よりはよくできているが、欠点としては、二人の主人公の描き分けができていないことで、だから筋を理解しないままに読み進められてしまう。それと、この種の政治小説にありがちなことだが、恋愛がチープな描かれ方をしており、主人公の男が英雄でなければならないのと、朝鮮の儒教から来るのであろうマッチョイズムのおかげで、女の恋人はただ戦う彼氏を支える女としてしか描かれておらず、恋愛そのものの情けない感じは描かれていない。

これは現在でも韓国小説では一般的で、男の情けない恋愛という、近代化に際して二葉亭四迷が『浮雲』でまず描いたことが、韓国では描けないのである。もっとも、ジョージ・オーウェルの『一九八四年』でも、女の描き方は同じで、女が峰不二子みたいなハードボイルド・ヒロインになっているために、全体が通俗小説めいて見えている。

映画『姉妹』DVD

『玄海灘』には、うわさ話のレベルで、北の朝鮮で抗日運動をしている金日成が好意的に描かれており、これも今の世襲独裁金氏王朝でしかない北朝鮮の末路を見ると違和感ありまくりであろう。しかし金達寿は、のちに北朝鮮の実態を知って支持をやめ、朝鮮総連とも縁を切っている。もっとも金達寿には『朝鮮』（岩波新書）という名著があって、本貫といったことにこだわる朝鮮の前近代的な悪習をきっぱりと批判している。

畔柳二美「姉妹」1954

畔柳二美《くろやなぎふみ》（一九一二〜六五）は、芥川賞候補になったこともあるが、『姉妹《きょうだい》』で毎日出版文化賞をとり、家城巳代治《いえきみよじ》監督で映画化された。北海道の電力会社で働く人々と、二人の姉妹の運命を描いたもので、のち私が中学生の時、NHKの少年ドラマシリーズにもなった。昔は勤労感謝の日の朝に、NHKで今井正の「米」など、労働者映画を放送するのが通例だったが、いつしかなくなってしまったのは残念なことである。

はじめこの名前を見た時「くろやなぎふみ」とは読めなかった。畔柳は夫の姓である。十年ほど前にびっくりしたことがあって、桐野夏生の『ＩＮ』は、『死の棘』に描かれた島尾敏雄の浮気相手は誰かを詮索する小説だったのだが、その相手に擬されたのが、名前はちょっと変えてあったが畔柳二美だったからで、そのあと、梯《かけはし》久美子の「島尾ミホ伝」（『新潮』連載）で正しい相手の名前が分かったが、一時は何かと思った。なお梯は単行本化に際して本名の分かる箇所を削っている。詳しくは私の『文豪の女遍歴』（幻冬舎新書）参照。

ところで昔の毎日出版文化賞は小説部門があって、これとか住井すゑとか、川端の『眠れる美女』とか、割といい作品に授与されていたのだが、ある時期から小説部門がなくなってしまったのは残念なことであった。

コラム　柴田錬三郎と「真田十勇士」

私が中学生のころ「真田十勇士」という人形劇をＮＨＫでやっていて毎日観ていたのだが、それが立川《たつかわ》文庫の真田十勇士とは三人顔ぶれが違っていて、「海野六郎、望月六郎、根津甚八」の代わりに「呉羽自然坊《じねんぼう》、高野小天狗、真田大助」が入っていた。大助は幸村の息子だからもともと存在はしたのだが、それを十勇士にしたのはシバレン・柴田錬三郎（一九一七〜七八）である。

もともと「真田十勇士」というのは、猿飛佐助や霧隠才蔵からして、明治末期から大阪で出された子供向け読み物「立川文庫」が発明したものに過ぎず、しかも立川文庫の豪傑ものというのは筋がみな同じで、猿飛だろうが宮本武蔵だろうが、諸国漫遊をしているとお姫さまが襲われていてそれを助けるといったことを単にくりかえすだけなのである。

シバレンはそれを「柴錬立川文庫」としてシリーズ化し、エロティックな忍者読み物として中間小説誌などに載せていたのだが、それをNHKが子供向けに書き直すよう要請し、猿飛が武田勝頼の遺児とか、霧隠がアイスランド人とかいう設定だけ残して書き直したのが原作だった。

中学一年生の私は、当時文春文庫で出た『猿飛佐助』や『真田幸村』を買ってきて、そのエロティックなのに驚き、覚えたてのオナニーのネタにずいぶんと使わせてもらった。ところが、シバレンのそれ以外の作品を読んでみると、どうもそれほど面白くない。「眠狂四郎」などが代表作だが、これは中里介山の『大菩薩峠』の机竜之介のマネだと非難する人もいて、読んでもそうは面白くなかった。

このシバレン先生は、時どき「真田十勇士」の最後に出てきて話をしていたが、私にはれっきとした六十か七十くらいの老人に見えたが、当時まだ五十代だった。しかしそれから数年して、六十一歳で死んでしまった。私が一つだけ覚えているのは、川端康成のことを「カワバタコーセイ」と発音したことで、ああああれはコーセイと読むのか、と二年ほど思っていたことがある。

コラム　事実と小説——井伏鱒二と直木賞

井伏鱒二（一八九八～一九九三）は『ジョン萬次郎漂流記』で直木賞をとっており、これは芥川賞をとりそこねた純文学作家が直木賞をとった例の一つだが、この『ジョン萬次郎漂流記』にはネタ本があるということが、猪瀬直樹の太宰治伝『ピカレスク』に書いてある。井伏にはほかにも、代表作『黒い雨』が、重松静馬《しげまつしずま》の日記を下敷きにしているという問題があり、侃々諤々の論争の末に『重松日記』が二〇〇一年に筑摩書房から刊行されたのだが、それを機にぴたりと議論が止まってしまった。世間には、井伏を激しく糾弾する人物（豊田清史＝故人）や、とにかく狂ったように井伏を擁護する人（黒古一夫）がいて、栗原裕一郎『〈盗作〉の文学史』（新曜社）に詳しい。栗原は豊田を批判しているのだが、それでも黒古は栗原を井伏の敵として攻撃を仕掛けるという頭のおかしさである。

しかし、事実を描いた小説は、初めて書いたならいいが、前に誰かがノンフィクションとして書いたものがあるとどうしてもそれに似るわけだから、盗作騒動が絶えない。大河ドラマ「春の波涛《はとう》」をめぐる訴訟もそうだが、たとえば織田信長を描いた小説なら、あれ、これは誰それが書いたのと同じじゃないかということもあるし、池宮彰一郎の『島津奔る』など、柴田錬三郎賞受賞作でありながら、三年もたってから、司馬遼太郎の『関ヶ原』との類似が指摘されて絶版となった。

私は吉村昭の『羆嵐《くまあらし》』という、三毛別《さんけべつ》での熊被害を描いた小説についても、これはノンフィクションがあるはずだが、それとの違いは、と気になったことがあった。さらに森鷗外にしてからが、「堺事件」「阿部一族」「大塩平八郎」などの歴史小説は元ネタがあるし、芥川龍之介の「羅生門」「鼻」「芋粥」「杜子春」や、太宰治「走れメロス」とか中島敦「山月記」とか、幸田露伴「運命」とか、元ネタを現代語に直したりちょっと変えただけというのがあって、これらは戦後なら通用しないだろうし、そこのところを文藝評論家や文学研究者はちゃんと議論すべきだろうと言っている。

直木賞受賞作で、私が気になっているのは、藤原義江を描いた古川薫の『漂泊者のアリア』（一九九〇）である。藤原義江については、牛島秀彦『藤原義江 歌と女たちへの讃歌』が一九八二年に読売新聞社から出た際、「朝日新聞」で匿名の筆者により、「間違いだらけ」と酷評され、牛島が反論し、名を名のれといったのがついに名のらず、牛島が、朝日と読売の確執に巻き込まれたと言って雑誌に批判文を書いた事件があり、未解決のままだったから、そこはどうなったんだろうと思ったものである。

住井すゑ「夜あけ朝あけ」1954

住井すゑ（一九〇二〜九七）は、奈良県出身だが、のち夫の犬田卯《ぼう》の実家がある茨城県牛久《うしく》に疎開し、そこに住んだため茨城県の作家と思われていたか、茨城県出身のうちの母がよく読んでいた。部落差別や天皇制を批判し、『橋のない川』という大長篇で知られる。『夜あけ朝あけ』は、茨城県西部の貧しい農民一家を描いたもので、毎日出版文化賞を受賞しているが、当時住井は五十歳を超えていた。いい作品には違いないが、ちょっと甘い。長塚節《たかし》の『土』のような、ああっと目を背けたくなるような厳しさはない。

住井には、戦争中に戦争賛美の文章を書いたという過去があり、生前、ＮＨＫの番組でそのことを追求したのは櫻本富雄だったか。住井は口を濁して答えなかった。本来は、そうしなければ生きていけない時代だったと弁明すればいいのだろうが、現在のように、天皇制を是認しつつ「リベラル」知識人のつもりでいるような人が跋扈《ばっこ》している時代には、住井すゑがいた時代は良かったなあ、と思えてしまう。

コラム 二等兵物語の謎

梁取三義《やなとりみつよし》（一九一二～九三）という作家を知る人はほとんどいないだろう。中里介山の弟子であり、映画『二等兵物語』の原作者である。「二等兵物語」は、伴淳三郎と花菱アチャコが主演して、軍隊を描いた映画で、一九五五年から六一年まで松竹で十作が作られた。それが、ＶＨＳのパッケージを見ると「抱腹絶倒」などと書いてあるから、お笑い劇だと思って、しかし観ると、兵隊らが上官からひどい目に遭わされて、最後に伴淳三郎が激昂して上官に反逆するというパターンなのである。だが、実際に兵隊が上官に報復なんかしたら、そのあとひどい目に遭うだけだと思うのだが、それよりも、観ていて抱腹絶倒どころか、笑える箇所があるかどうかすら疑わしい。

原作者の梁取は、実は途中から原作を降りている。それは、自分は軍隊がいかにひどい所かということを描くために小説を書いたのに、映画ではそれをお笑いのネタにしているから、だというのだ。もしかすると、私が観ていない初期のものはもっと笑えたのかもしれない。

しかし、伴淳三郎の自伝『伴淳放浪記』を読むと、伴淳が原作を読んで感銘を受け、松竹にしつこく映画化を懇請したらしいから、そのへんもよく分からない話だ。

コラム 檀一雄と「リツ子」（直木賞こぼれ話②）

檀一雄（一九一二～七六）は『真説・石川五右衛門』で直木賞をとっているが、あれはひどい。「真説」どころか、ずんべらぼうに想像で書き飛ばしたとしか思えない。それに対して『火宅の人』は当然として、初期の『リツ子・その愛』『リツ子・その死』は素晴らしい。これは最初の妻の死までを描いているが、文章がものすごくいい。しかも気取っていなくていいのである。さらにこの小説は「檀」と実名で書いてあって、実名で書いても小説になるんだ、と思わせてくれる。

檀といえば、太宰治の友達だったことでも知られるが、森敦も友達だった。森敦が六十一歳で芥川賞をとったころ、CMプロデューサーだった新井満が、檀ふみともう一人をCMに使おうとして、森敦を訪ねたら、檀ふみなら父親の檀一雄は友達だよと言われてびっくりし、新井は森に弟子入りして、のち自分も芥川賞をとったという。

『火宅の人』は、出た時に父が買って、田舎にいる自分の母親、つまり私の祖母に贈ったのだが、祖母は時どき、贈られた本を読み終えると父に返すことがあり、うちに一冊あったから読んだ。私小説の名作には違いないが、当時は「マイホーム主義に敢然と反旗をひるがえし」みたいな帯がついていて、そのへんは改めて考え直す必要のある作品かもしれないと思っている。

コラム　今東光の直木賞

今東光《こんとうこう》（一八九八〜一九七七）が死んだのは私が中学三年の時だった。それ以前、『弁慶』を書いていて、「弁慶が書けるのは俺しかいねえよ」という新聞広告が出ていて、生臭坊主のイメージで売っていた。

今武平《ぶへい》という船長の長男で、三男がやはり作家の今日出海《ひでみ》である。東光は最初の本名で、出家してからは春聴《しゅんちょう》が本名である（戸籍名も変わる）。関西学院《かんせい》を中退して東京へ出た不良で、川端康成らと親しくなり、一緒に『新思潮』の同人となったが、前の『新思潮』の名前を使うのを認めた菊池寛は、東光は不良だから、と難色を示し、川端は、それなら雑誌名は要りませんと言ったという。

だが、それから数年、東光は菊池と喧嘩して文壇から遠ざかり、比叡山で出家して仏教研究を始めた。戦後、今日出海が「天皇の帽子」で直木賞をとり、ついで東光も『お吟さま』で直木賞を受賞したのは、五十八歳の時だった。東光は谷崎潤一郎に師事していたが、川端は谷崎とは仲が悪かった。そのためか、川端は東光には冷淡だった。中央公論社で「日本の文学」という文学叢書を出した時、社と谷崎は、東光を入れようとしたが、川端が強硬に反対した。「名作集」というアンソロジーに東光の「闘鶏」を入れないかと中公から提案したが、川端が蹴った。谷崎は意趣返しに、「毎日新聞」で水上勉の『越前竹人形』を三回にわたって褒めたという。

ところで戦後、産経新聞記者だった福田定一《ていいち》、つまりのちの司馬遼太郎は、今東光が書いているのを見つけて、おや、今東光という作家はまだ書いていたのかと思い、取材に行ったという。聞いてみると仏教の教義にも詳しいので福田は感心したというのだが、仮にも僧侶である東光の仏教知識に関心するとは、福田定一は恐ろしい男である。

西口克己「廓」1956～58

西口克己（一九一三～八六）は、京都市伏見の遊廓の子で、東大哲学科を出て共産党に入り、政治活動のかたわら小説を書き、『廓』で京都の廓を描いて直木賞候補にもなった。のち共産党の市議会・府議会議員として蜷川虎三《とらぞう》の府政を支えた。

遊廓の実態を知りたいと言う人がいるのだが、このような小説も含めて、近代の実態についてはわりあい資料があるが、徳川時代となると、そもそも書き残す立場にある人がいないので、細かいものは残っていないというのが実情である。

コラム 戸川幸夫と『どうぶつ白話』

戸川幸夫（一九一二～二〇〇四）は、早い時期に読んだ直木賞作家で、教科書に動物物語が載っていた。どういうわけで、『ファーブル昆虫記』とか『シートン動物記』とか、椋鳩《むくはと》十《じゅう》とか『野生のエルザ』とかの動物ものは、子供向きだと思われているのだろう。

中学生になって、新潮文庫の『戸川幸夫動物文学（一）』というのを読んだら、動物を主としたものより、人間を中心としたものの方が面白かった。特に「ハブ」という短篇は、沖縄を舞台に、子供たちが、大人から行ってはいけないと言われたところまで行って、一人がハブに咬まれるが、大人に叱られることを恐れて言わずにいたために死んでしまうという話で、人がものごとの順番を取り違える例として、いつも念頭に浮かぶ。

ずっとあと、今世紀になって、「狼に育てられた子供」というのは、精神遅滞児が捨てられたのをそう思い込んだのだという話を聞いて、どれか本に書いてないか調べたら、戸川の『どうぶつ白話』という本に載っているらしいと分かったが、題名が変なので、何かの間違いじゃないかと思ったが、取り寄せてみたら、九十九の動物に関する話が載っていて、百に一つ足りないから「白話」なのだということが分かった。狼に育てられた子供がいないということは、その後単独の著作でも扱われるようになった（鈴木光太郎『オオカミ少女はいなかった』新曜社、二〇〇八）。

山田風太郎「甲賀忍法帖」1959

山田風太郎（一九二二〜二〇〇一）は、私は高校の時に、中学時代の友達に勧められて、『甲賀忍法帖』とあと一冊、角川文庫のを借りて読んだが、それほど面白くはなかった。中学時代に読

映画『くノ一忍法帖Ⅱ』DVD

んだ柴錬立川文庫のほうがエロティックで面白い気がした。

だが山風《やまふう》はその後も長生きして、明治開化期ものを書いたり、「朝日新聞」に「八犬伝」を連載したり、『人間臨終図鑑』をロングセラーにしたりして、ほかにも『戦中派不戦日記』もあれば、太平洋戦争の開戦と敗戦の記録『同日同刻』などもあって、えらく世間での株が上がった。私はむしろ、「伊賀忍法帖」を墨田ユキ主演で映画化したのが一番好きである。

『八犬伝』は、何しろ半分は原作のあらすじだから私はすでに知っていることだし、連載当時は鶴屋南北が馬琴や北斎より目下だといったことは知らなかったから勉強にはなったが、特に優れた作とは思えない。山田風太郎が偉い作家だと思われるようになったのは、晩年に「朝日新聞」に重んじられたからじゃないかという気もしている。私には特にこの作品がいい、というのは見当たらないので、とりあえず『甲賀忍法帖』をあげておく。

高橋和巳「悲の器」1960

高橋和巳（一九三一～七一）は、京大出身の中国文学研究者だったが、長篇『悲の器』で文藝賞を受賞して、華々しく作家デビューした。もっとも、文藝誌ではずっと『文藝』に書くだけの特異な作家だった。だがその後、母校の京大から助教授として呼ばれ、行くことにした。のち作家となる妻の高橋たか子は京大仏文卒だったが、京都は女性蔑視的なところで、二度と行きたくないと思っており反対したので、和巳は単身赴任し、たか子は鎌倉に住んだ。

和巳は京都で女を作っていたらしいが、いくつもの長篇を書いて、当時の学生運動で学生の側に立ち、学生たちから支持された。京大出身の小松左京や梅原猛は高橋の友人だったが、高橋は酒癖が悪く、学生運動に対して小松や梅原を非難した。女と喧嘩してメタメタになったのを始末する手助けをしたと、京大出身の山崎正和が書いている（『舞台をまわす、舞台がまわる　山崎正和オーラルヒストリー』）。最後にはガンになって三十九歳で夭折してしまうが、かなり生活は乱れていたとはいえ、それだけでガンになるわけでもあるまい。

和巳の死後、妻のたか子が作家になり、キリスト教に入ったが、ロシヤ文学や舞踊評論を書いていた鈴木晶《しょう》は、たか子に半ば師事していたらしいが、たか子の小説がそんなに心酔するようなものかどうかは分からない。

『悲の器』は、法制史学者の滝川政次郎の事件をモデルにしている。滝川は、むしろ保守派と見られていたが、妻を亡くしたあと、カネでセックスの相手として女性を雇い、結婚相手ができたあとで別れたため、婚約不履行で訴えられるという事件があったのである。滝川という人は、娼婦の歴史の研究でも知られるが、中身はある程度優れたものといえるが、保守派によくある、偽善を嫌う性質があった。正木典膳《てんぜん》と名づけられたる『悲の器』の主人公はガンで死んでしまうが、実際に死んだのは高橋のほうで、滝川は長命を保ったのも皮肉な話である。私は埼玉県越谷市で小学校三年から育ったが、高校三年になる時に市内で引っ越しをした。前の家に住み始めた人が、それから数年して、自殺したという。前の家のおばさんが、「あの人、高橋和巳の『悲の器』なんか読んでいたのよ。だから自殺なんかするんだわ」と言っていて、なんだかおかしかった。

映画『廃市』DVD

福永武彦「廃市」1960

福永武彦（一九一八〜七九）は、戦後、反私小説を旗印に活動を始めた人で、フランスのロマンを目標にして、中村真一郎や加藤周一の仲間だった。志賀直哉を仮想敵にしたのはいいが、私は志賀が代表的な私小説作家だとは思っていないから、ズレがある。福永にも私小説的な作品はあるし、そこはきちんと議論しなければいかんと思うが、今のところ一番いいように思うのは、短篇「廃市」で、九州柳川を舞台としており、大林宣彦が映画化して、私の好きな小林聡美がとてもかわいい少女で出ている。まあそのへんで、これを選んだという、それだけとも言える。

三浦朱門「セルロイドの塔」１９６０

大学を舞台にした小説は少なくない。山崎豊子の『白い巨塔』は阪大医学部がモデルではないかとも言われている。筒井康隆の『文学部唯野教授』は都内の有名私立大学を舞台にしているが、女性教員がいないなど、当時としては現実味が薄い。伊藤整《せい》の『得能五郎の生活と意見』は、旧制度時代の話で、大学にはまだなっていない。海外ではデヴィッド・ロッジの『交換教授』や、S・N・バイアットの『抱擁《ポゼッション》』があり、後者は一種の学問小説になっている。ただ私が知っている大学の実態に近いものは、あまりない。結局、事実を描いたものが一番リアルだというのが大学小説である。

三浦朱門という作家は、『文学部唯野教授』で、日大の教授として変名で登場するが、妻の曽野綾子のほうが有名だなどと揶揄されている。のちに日本藝術院の院長になるなど出世はしたが、私は高校生のころわけあって『楕円』とか『箱庭』とかの家庭小説を読んで退屈さに辟易した。しかし『セルロイドの塔』は、大学教員だった経験を生かした大学小説として、わりあいリアルに大学を描いた作品である。

コラム　江分利満氏の疑問

山口瞳（一九二六〜九五）は、初の長篇小説『江分利満氏の優雅な生活』（一九六三）で直木賞を受賞した。しかし、寿屋《ことぶきや》（現サントリー）宣伝部にいた山口のこれは、何だかエッセイの寄せ集めみたいで、軽い。あまり直木賞にふさわしいとは思えない。

山口はのち、自分の母の実家が横須賀の柏木田遊廓だったことを知ってショックを受ける経緯を描いた『血族』で名を高めた。これはＮＨＫで、小林桂樹《けいじゅ》主演でドラマ化もされた。なおドラマではこの「柏木田」を「ワギダ」と読んでいたが、原作を見るとルビは振っていない。これは四十年たった今でも謎で、そりゃ検索かければいいのだが、「わぎだ」「かしわぎだ」両方が出てくるのである。

ところが、ドラマから数年たって、原作を読んだ私は、別の意味で驚いた。書き方が下手で、前後入り乱れているのである。それから山口の小説をいくつか読んだが、父方のことを書いた『家族』や、『人殺し』などの私小説は、一様に下手くそである。『結婚します』などの風俗小説のフィクションは、それほどでもないが、まあ普通の出来である。

しかし山口は、生きていた時には四月一日になると、「新入社員諸君！」といった激励の文章が入った広告を新聞に載せていたし、サラリーマンを中心にずいぶん人気があった。編集者の安原顯《あきら》など、山口の『人殺し』を絶賛していた。

山口は、少年のころ、鎌倉の川端康成邸の隣に住んでいた。川端の養女の美少女・政子が好きだったらしく、一緒に松竹歌劇を観に行ったりしていた。鎌倉アカデミアに学んだがちゃんと大学へ行きたく、國學院大學を卒業した。

　直木賞をとって、川端のところへ挨拶に行くと、川端は歓待して、「あれなら芥川賞でもとれた」と言った。川端は芥川賞選考委員だったが、直木賞のほうに妙な影響力を持っていたと私は思っている。芥川賞は、弟子の澤野久雄や石浜恒夫にとらせることはできなかった。川端はおそらく、政子が好きだった山口瞳に、情けをかけたのだろう。この回は、杉本苑子の「孤愁の岸」も受賞しているが、有力候補だったのが笹沢左保の「六本木心中」で、笹沢を好きではない木々高太郎と小島政二郎が反対したという。

島本久恵「長流」1961

　島本久恵（一八九三〜一九八五）という作家が死んだのは、私が大学生の時で、訃報が新聞に載ったのをありありと覚えている。『明治の女性たち』で芸術選奨文部大臣賞をとった人だが、藝術院会員であった詩人・河井酔茗《すいめい》の妻であり、酔茗が主催する同人誌『塔影《とうえい》』に、戦前から「長流」という長大な自伝小説を連載して、それを少しずつ謄写版などでまとめていき、一九六一年に完成すると、みすず書房から全八巻で刊行したが、その内容は、はじめは徳川時代から始まるのだが、それは祖母から聞いた話だという。

　この島本という人について、あまり調べた人がいないようなので、いくつか目を通して、ああこれは無理だと思ったのは、とにかく文章があまりに異様なのである。江口きちという、昭和初

年に二十六歳で失恋のため自殺した詩人のことを描いた『江口きちの生涯』（一九六七）から冒頭を引くと、

古い詩です、私のその頃のたそがれ毎の、何か空によせるのでした思いが、そのまま声に出ましたもので、仲間の雑誌に出しますのには「黄昏鈴慕」と題しておりました。

そのような、かつてのかたみに過ぎないものを今頃にと、さぞご不審のことでありましょう。ただ、どうもこの物語りをと思いますと、むかしのこの夕暮毎の遠いものが、しぜんにのぼってまいりまして、たとえようのない胸ぐるしさに引き入れられ、じっとしていられない何かでつらくなってしまいます。どうも一つの分身をやっぱりそこにいまでも残していますのでしょうか。

けれどもまた思います。私どものそのような思い出の中に鋲どめされている「時」、一生の流れのなかの或る一つの時というものは、刻々に経験します通り、行きて還らぬ法則の上で直き消えまして、この世に残らないのではないか、それが残っているように感じますのは、因縁につながれておりますす特別の場合のなかの者だけで、としますと、私は実際に触れて忘れられない思い出になっておりますものでしょうとも、私以外ではほんとうはもう消えてしまっていまして、やがて私がいなくなればもうお終いでございましょう。

ほとんどの著作がこんな感じの文章が延々と続くので、誰もこの作家を研究しようとしない理由を私は理解したのである。だが『明治の女性たち』（みすず書房、一九六六）だけは、少しは変だがほかのに比べたらよっぽど読みやすい文章である。その時はうまくなっていたのかというとその後の『貴族』などは相変わらずだから妙だ。誰かが手直ししたのだろうか。

棟田博「拝啓天皇陛下様」1962

棟田博《むねだひろし》という作家は、一九〇九年生まれで一九八八年没だから、私が大学院生のころまで生きていたわけだが、私は当時全然この作家を知らなかった。兵隊に行って、その体験などをもとにずいぶん書いた人で、代表作『拝啓天皇陛下様』はベストセラーになり、まだ「寅さん」になる前の渥美清主演で映画化され、続編まで作られた。ところが、この映画を観た人は、知的な人だと困惑してしまう。これはいったい、戦争を否定しているのか肯定しているのか、天皇陛下様、というのは皮肉なのか本気なのか。

映画『拝啓天皇陛下様』DVD

最近、天皇制に批判的な劇作家・坂手洋二が「拝啓天皇陛下様」を劇化して上演したが、これはメタ構造で、原作を愛読する官僚の前に、原作の主人公が現れるという話だ。

少し頭の足りない陸軍兵士・山田正助を主人公と

したこの作は、戦争や軍隊を悪と決めつける戦後の風潮にちょっと異を唱えた作品とみるのが、まあ普通の見方で、しかしそこに「天皇陛下様」などという珍妙な敬語を使うことで、軽い揶揄も含んでいるといったところか。都築久義が、戦時中の兵隊作家としての棟田を論じているが、『拝啓天皇陛下様』をちゃんと論じたものはないのだろうか。

なお棟田は、戦後三回、直木賞候補になっている。「拝啓シリーズ」というのもあるが、『拝啓皇后陛下様』などは単なる兵隊コメディ小説で、「拝啓皇后陛下様」という言葉さえ出てこない。

コラム　無名の直木賞作家は

直木賞は、ある程度作家としての実績がある人に与えられるから、あまり「無名の直木賞作家」というのはいないはずだ。だが、実際にはいる。

ノンフィクション作家の松下竜一は、はじめ豆腐屋で、『豆腐屋の四季』というエッセイを出して話題になっているが、そこに、直木賞作家の榛葉《しんば》英治《えいじ》が訪ねてくるという話がある。榛葉は数日泊まってごちそうになっていくのだが、松下も妻も、何か気持ち悪いものを感じている。榛葉が帰ったあとで、二人は、あれは実は榛葉ではなかった、詐欺師だったと気づく。つまり榛葉の写真が流通していなかったから、起きた事件なのである。

無名の直木賞作家といえば、千葉治平と新橋遊吉《ゆきち》の、選考が失敗だったと言われた時の二人組がいるし、藤井重夫、中村正軌《まさのり》や光岡明、星川清司《きよし》もそうだろう。立野信之も、ペンクラブで活躍はしたが世間的には知られていない。

江崎誠致《まさのり》（一九二二〜二〇〇一）も、無名の直木賞作家だろう。伊藤桂一なども、藝術院会員なのに無名に近いが、江崎は従軍体験もの「ルソンの谷間」で一九五七年に直木賞をとっている。囲碁に関する著書も多いから、そっち方面では知られているかもしれない。その江崎が一度だけ新聞連載した『抱擁記』は、一九六三年「東京新聞（中日新聞）」に連載されたが、不思議な長篇で、夫の病気を機に病院に出入りするようになった夫人が、病院内で成長していくという小説である。こういうのを再発見していったら面白いのになと思った。

コラム　司馬遼太郎と藝術院

芥川賞にも直木賞にも、この作品をこの作家の代表作とされるのは困るなあ、というのがある。西村賢太を「苦役列車」で判断されるのも、車谷長吉を『赤目四十八瀧《しじゅうやたき》心中未遂』で判断されるのも困るのである。直木賞でいえば、司馬遼太郎の直木賞受賞作『梟の城』は、とても司馬作品としていい方だとは思えない。だいたい年次が数年にわたっているし、いったい暗殺しようとしているのは信長なのか秀吉なのかすら分からないで、忍者が恋ばっかりしている、司馬作品としては失敗作である。

ところで、司馬遼太郎は藝術院会員だったが、歴史小説作家で藝術院会員になった人は少ない。ほかには吉村昭と、川口松太郎が第三部（演劇）で入っているくらいで、吉川英治（文化勲章）、杉本苑子（文化勲章）、大佛次郎、海音寺潮五郎、子母澤寛などは入っていない。吉村は、純文学的なところがあるので入ったといえる。

だいたい、直木賞作家で藝術院会員になった人は少なくて、司馬のほかには伊藤桂一と陳舜臣、水上勉くらいである。藝術院は格調高いところで、詩人または詩人で小説家のほうが入りやすいくらいであって、文化勲章はむしろ通俗的な人気のある作家のほうがとりやすいから、両方に入った司馬は特例の作家なのである。もっとも二〇二二年に「改革」があってまんが部門が第二部にでき、五木寛之も藝術院入りしたから、これからは違ってくるかもしれないが、むしろ八十五過ぎないと入れない、長生き前提のところになっている気はする。

西村京太郎「天使の傷痕」1965

直木賞というのは、作家としてある程度軌道に乗った人に与えられることが多いが、あまりに売れる作家になると外される、という傾向があり、西村京太郎や西村寿行、赤川次郎などは、売れすぎたので外された組だろう。

西村京太郎は一九三〇年生まれで、『天使の傷痕《しょうこん》』で江戸川乱歩賞をとったのが三十五歳、しかしデビューしてもなかなか売れず、七八年に『寝台特急殺人事件』が売れ、以後列車ミステリーで一時代を築くことになる。

『天使の傷痕』は、私はいい作品だと思うのだが、推理小説ファンには大したものとは思われないらしい。西村といえば、早く死んだ山村美紗と半同棲していたというのが知られているが、山村は西村の小説のファンとして手紙をよこしたが、そこに「夏休みは」とあったから、女子大生だと思い込んで京都まで会いに出かけたら、学校の先生だった。その後山村も推理作家としてデビューするが、別の男と結婚はしたが、ついに京都の大きな屋敷を二人で買って、真ん中に大きな扉をつけて西村宅と山村夫婦の宅にしていたというから不思議な話である。

円地文子「なまみこ物語」１９６５

円地文子（一九〇五～八六）は、文化勲章までとった作家で、『源氏物語』の現代語訳は新潮文庫にも入っているのだが、これは別に文学賞をとっていないし、何となく軽んじられている作家だという気がしている。

明治期の国語学者として名高い上田萬年《かずとし》の娘で、小山内薫に師事して戯曲を書くが、最初の戯曲「晩春騒夜」を上田文子の名で上演した打ち上げの席で小山内が倒れて若くして死んでしまい、当時新聞記者として有名だった圓地與四松《よしまつ》と結婚して円地姓になり、娘を儲けるが、夫の女ぐせの悪いのに苦しみ、戦争中に子宮がんも患ってこれは手術で治るが戦後も少女小説を書いたりして生計を立てていたが、祖母のことを描いた『女坂』（一九五七）が評価されて（しかし文学賞はとらなかった――戦前、

円地文子

同名の著作が出ているがこちらは随筆で別のもの）純文学文壇に復帰し、『朱を奪うもの』などの自伝的三部作を書くのだが、一九六五年に創設された谷崎潤一郎賞の選考委員となり、選考委員の著作は授与の対象としないという立場の武田泰淳と真っ向から対立し、自分の著作が授与されるべきだと言い続け、ついに三部作で受賞し、武田泰淳は選評のすべてを使って、選考委員が受賞するなどというのは後進国のあかしであると書いた。

私はこの騒動を知って、円地文子って怖い人だなあ、武田泰淳かっこいいなあ、と思ったのだが、のち実際に円地の受賞作『朱を奪うもの』『傷ある翼』などを読んでみて、ああ、これは立派な自伝的私小説だと感嘆し、これは円地の勝ちだと思い、受賞すべきものだから受賞すべきだと主張した円地をエライと思うようになったのであった。

円地は、娘と結婚した核物理学者の富家孝《ふけたかし》と仲がよく、それを主題にした『私も燃えている』などという通俗小説も書いているし、とにかくすごい人で、晩年の『鴉戯談』などというのは、富家との会話から生まれたと言っている。

もっとも、ここで『朱を奪うもの』をあげるのも違和感があるので、王朝を描いた『なまみこ物語』をあげておくが、これは私が高校三年のころ、予備校へ行くとなぜかベストセラーになっていた。どこかの入試にでも出たのだったろうか。女流文学賞受賞作である。

コラム　二見書房と直木賞

私は二見書房から本を出したことがある。二見書房といえば、私は小・中学生のころ「刑事コロンボ」が大好きで、二見書房からはその日本でのノベライズが何冊か出ていたから買って読んだりしていた。これはたぶんアメリカとの契約の条件なのだろうが、「ウィリアム・リンク&リチャード・レビンソン著」で、石上三登志《みつとし》訳などとなっており、実際はドラマを観て石上らがノベライズしていたのだが、本当に翻訳なのだと思っている人がいたりした。

その二見書房の女性編集者と話していたら、うちでも直木賞とってベストセラーになったのがありますけど、と言ったから、あっ、そうか、佐藤得二の『女のいくさ』(一九六三)だなと思ったのだが、これは特異な直木賞で、六十過ぎた仏教学者が初めて書いた小説が直木賞をとったもので、一九六三年のことである。しかしこの時、芥川賞選考委員をしていた川端康成と東大での友達だったから、さては直木賞選考委員で川端と親しい今日出海あたりの差し金かな、と思ったのだが、話題になって直木賞受賞作としては珍しいベストセラーになったのである。

直木賞受賞作で当時一番売れたのは、青島幸男の受賞作『人間万事塞翁《さいおう》が丙午《ひのえうま》』(一九八一)で、これは青島がテレビで意地悪ばあさんを演じたりする有名人だったからだ。私は青島なら、五木寛之が『かもめのジョナサン』を訳して売れたのに対抗して訳出したワインスタイン&アルブレヒトの『にわとりのジョナサン』(一九七五)が傑作だと思っている。

ところで、評論社という出版社がある。トルキーン(この表記のほうが正しい)の『指輪物語』の翻訳などで知られる出版社だが、私が若いころ、ここの社長は竹下みなという女性だ

森村桂（朝日新聞社提供）

映画『天国にいちばん近い島』DVD

った。のち自動車事故で死ぬのだが、調べてみると評論社の創業者は竹下みな・竹下郁代となっており、いくよ？　女？　と思って調べたら、二見書房の創業者一族から婿に入った「いくしろ」という男で、だがのちに浮気をしたため追い出され、それからはみなが社長になったのだという。

森村桂「天国にいちばん近い島　地球の先っぽにある土人島での物語」１９６６

一九七〇年代に、講談社から「遠藤周作文庫」と「森村桂《かつら》文庫」が出ていたし、一九六八年に川端康成がノーベル賞をとった時、書店で川端のコーナーができたが、その時、書店でコーナーがある作家は川端と森村桂くらい、と言われたくらい、森村桂（一九四〇〜二〇〇四）は人気があった。夢見るお嬢さんだけれど美人ではない人が当時としては軽い感じのエッセイを書くのが人気があり、その後の軽い文体に多くの影響を与えている。

だがその後、結婚して苦しみ、うつ病にもなり、離婚して再婚してまたうつ病となって、最後は自殺してしまった。その苦しい時のことを書いた『それでも朝はくる』（一九八一）にしようかと思ったが、一九八四年に原田知世主演で角川映画になった初期の代表作「てんちか」にした。もっともこれも、副題にある通り、原文中にも盛んに「土人」と出てくるので、今は絶版である。夫が没後に書いた、三宅一郎『桂よ。わが愛その死』（海竜社、二〇〇五）があるが、ちゃんとした伝記はまだ書かれていない。

コラム　立原正秋と川端康成

立原正秋（一九二六〜八〇）といえば、朝鮮出身だが、日本の古典美に憧れて、グルメを気取り、川端康成のような小説を書こうとした人だが、直接川端に会った形跡はない。

日本の古典美を下敷きにして恋愛小説やエロティック小説を書く手法は、川端が発明したようなものだが、立原はそれをうまく継承したとは言えず、継承したのは渡辺淳一だったろう。もう一人、川端のように書きたかったんだろうと思えるのが秦恒平だが、こちらもそううまくは書けなかった。立原の作品に「薪能」というのがあるが、立原が日本の古典美の精髄だと思っていたのが能楽で、立原は自分が能楽に通じていることを誇示するような文章も書いている。鎌倉の長老作家の里見弴《とん》と一緒に薪能に行ったら、次の演者があまりうまい人でないので、どうしたものかと思っていたら、里見が少し観て「つまらん、帰ろう」と言ったのでほっとしたというのだが、高齢の里見の鑑賞眼に感心しているようなのがかたわら痛い。

そういう「通」ぶる立原のダメさを徹底して描いたのが、友人だった高井有一の『立原正秋』だが、これには「せいしゅう」とルビが振ってある。

もっとも、立原に関しては、一緒に講演旅行に行った遠藤周作の思い出も面白く、宿で出した料理を、こんなまずいものが食えるか！　と席を立って自室に帰ってしまった立原を、どうしているかと遠藤がのぞきに行ったら、カップラーメンを食べていたという話がある。

コラム　渡辺淳一の悪評

直木賞作家で選考委員も務めた渡辺淳一（一九三三〜二〇一四）は、『失楽園』が売れてから、フェミニストを含む一部勢力からやたら攻撃される作家になってしまった。「渡辺淳一文学賞」というのができたことに抗議している女性書評家もいる。

一時はウィキペディアの渡辺淳一の項に「純文学からポルノ作家へ」などという見出しが立っていたが、渡辺はもともと風俗小説作家であって純文学ではないから、素人が書いたのだろう。「古畑任三郎」では、犯人で流行作家の津川雅彦が「ヘアーヌード写真集を買う度胸のないやつが俺の小説を買うんだよ」などと言っていたのは、渡辺への当て込みであったろう。

しかし渡辺には、いい伝記小説もあり、荻野吟子を描いた『花埋《うず》み』や、与謝野晶子夫妻を描いた『君も雛罌粟《コクリコ》われも雛罌粟《コクリコ》』もある。しかし、現代の京都を舞台に、若い女性が中年男の都合のいい愛人になる『野わけ』あたりが、特に評判が悪いし、あとは映画化された『化身』とか『ひとひらの雪』などが渡辺恋愛小説の悪評の素だろう。

しかし、作家というのは、出版社を儲けさせるという仕事もあり、渡辺はそれも成し遂げつつ、優れた小説を書いた、模範的な作家だったとも言える。それがあるから、売れない純文学作家の本も出してもらえるという一面もあるので、売れるくだらない小説というのを、一概にバカにすべきではないだろう。

船山馨「石狩平野」1967

船山馨（一九一四～八一）というのは、位置づけに困る作家だ。年齢は深沢七郎と同じで、戦後派あたりに入るが、戦前、二度芥川賞の「参考」や「推薦候補」にはなっていてもちゃんとした候補にはなっておらず、戦後はヒロポン中毒になって文壇から見放されたが、「北海タイムス」に連載した大長篇『石狩平野』が小説新潮賞を受賞して復活したという。これは、明治十四年を発端として太平洋戦争の終わりまで、北海道に生きる庶民の四世代にわたる家族を描いたリアリズム小説だが、この手の物語はドラマや映画に数多いため、北海道に対して思い入れがないと読み通すのはつらい。

伊藤整が、意外に立派だと感心していたが、伊藤は北海道出身だからだろう。むしろ船山は、最後に自らがガンになって書いた『茜いろの坂』が大衆文壇の最高峰の吉川英治文学賞をとり、その後死んだわけだが、そちらのほうが人々の記憶に残り、「朝日新聞」の訃報も「「茜いろの坂」のぼりつめ」だった。

もう一人ついでにあげると、原田康子（一九二八〜二〇〇九）がいる。原田も北海道の作家で、同人誌『北方文藝』に書いていたが、昭和三十一年に出した『挽歌』が、なぜかベストセラーになった。私の実家にも、おそらく母がその当時買ったのだろう初版本が置いてあったが、若い女の、妻ある男との不倫を描いたどうということのない通俗小説だった。

ベストセラーになった理由は、当時石原慎太郎の「太陽の季節」が話題になったのと、フランソワーズ・サガンの『悲しみよこんにちは』がフランスでも日本でも売れたのとで「文藝ブーム」が起き、原田は「和製サガン」という感じで人気が出たのではあるまいか。実際『挽歌』初版本の後ろのページには、原田のそれほど美貌なわけではない立ち姿の写真がついていた。

しかし原田は芥川賞や直木賞の候補になることはなく、晩年に近い『蠟涙《ろうるい》』で女流文学賞、長篇『海霧《かいむ》』で吉川英治文学賞をとっている。前者は若いころから現在（当時）までの短篇集成で、後者は例によって著者の一族を幕末から描いた大河ドラマものである。なお角川文庫解説目録での『挽歌』の解説は「〝私が桂木さんに魅かれたのは桂木夫人の不貞を知ったからである。彼女のものうげな微笑をたたえた眼差に私の心はいつしか捉えられ彼を愛すると共に夫人をも愛してしまう。それが死へ結びつくとは知らずに。〟白鳥の羽根のそよぎにも似た若い女性の微妙な心の動きを追って北国の風景の中に展開する愛と死のロマン」とある。

参考文献 由井りょう子『黄色い虫 船山馨と妻・春子の生涯』小学館、二〇一〇年

コラム 井上ひさし嫌いのわけ

私はかねて、井上ひさしが嫌いである。もっとも、最初から嫌いだったわけではない。「紙屋町さくらホテル」の時は、絓《すが》秀実らが批判するのに対して擁護し、井上から次の公演に招待されて行ってきている。だがその後、井上は文化功労者になり、天皇主催の茶会に行っている。私は井上が天皇制批判者であるということで、「紙屋町」はそれもちゃんと出ているということで擁護したのだから、裏切られたのである。

そして考えると、井上は「遅筆堂」などと称して、初日も決まっている舞台の台本を遅らせ、公演中止にまで追い込んでいる。これは新派が上演した「ある八重子物語」で、座長の水谷良重（現・二代目八重子）は舞台で涙ながらに客に頭を下げたのである。井上は高額の賠償金を払ったというが、あとで私は再演を南座で観て、愚劇なのに驚いた。要するに愚劇だから間に合わなかったのだ。それでもプロなんだから、間に合わせるべきものであって、まったく書けないというのは甘えがあるし、それをやっても世間が許してくれると思っているからだ。それが許せない。

『吉里吉里人』はざっと読むと面白いのだが、中に、南アフリカ共和国のホームランド（黒

人居住地を白人政権が勝手に独立国にしたもの）を小さい国の独立運動みたいに勘違いしている箇所があって、こういう主題の作品を書くのにそんな勘違いをしたままでいるのが許せない。

井上といえば、山元護久とともに「ひょっこりひょうたん島」を書いたことでも知られるが、私は世代的にこの人形劇はちゃんとは観ていない。むしろそのあと、同じコンビで書かれた「ネコジャラ市の11人」を観た世代だ。

それから、ぼちぼち井上の小説を読んだが、『東京セブンローズ』は何だか何がしたいんだか分からない妙ちくりんな小説だった。『12人の手紙』とかうまいと思ったが、なんだか偽善者っぽい感じがした。もちろん、最初の妻・好子を殴った話など言語道断だし、そのあと、米原万里の妹と結婚し、米原にたちまち読売文学賞を授与し、帯で大江健三郎と称賛したのも許しがたい。ここまで低劣な人間がいるのかとすら思う。

花田清輝「小説平家」1967

花田清輝（一九〇九～七四）は、当時は知られた文藝評論家であったが、初期作で代表作の『復興期の精神』は何を言っているのかよく分からない。むしろ「鳥獣戯話《ぎわ》」（一九六二）、「小説平家」などの小説のほうが、今でも読むに耐えるのは不思議なことだ。「鳥獣戯話」は、武田信玄の父で、息子に追放されて駿河の今川家におり、息子より長生きした武田信虎を描いている。

花田の小説がいいのは、小説らしくしようとしていないところにある。歴史考証みたいな書き方で、ずんずん遠慮なく進んでいくところがいい。「小説平家」は、富士の人穴の中で何を見たか、というような不思議なことが書いてある。私は機会があったらもう一度読みたいくらいだ。

コラム 文学賞と政治

五木寛之は「蒼ざめた馬を見よ」で直木賞を受賞している。これは短篇で、ソ連である作家が『蒼ざめた馬を見よ』という小説を発表したところ、ノーベル文学賞を与えられることになったが、ソ連政府の意に染まぬ作品だったため圧力がかかって辞退させられた、という話があり、実はそんな作家も作品も実在せず、西側諸国が、ソ連の評判を落とすための陰謀だったという話だ。

この題名は、ロシヤの作家ロープシンの『蒼ざめた馬』を下敷きにしている。これは聖書の「黙示録」に出てくる不気味な馬だが、今では誤訳ではないかとして「黒馬を見たり」などと訳されている。ロープシンは実名をボリス・サヴィンコフ（一八七九〜一九二五）といい、ロシヤの社会主義革命家だが、レーニンらのボリシェヴィキには反対し、ロシヤ革命が成立すると革命政府と戦い、自殺した。

さてしかし、五木の作品は、明らかに、一九五四年に起きたパステルナークの『ドクトル・ジヴァゴ』をめぐる事件を下敷きにしている。パステルナークはノーベル賞を与えられたが、ソ連作家同盟から非難が起こり、辞退を余儀なくされた。ソ連としては、政府の御用作家である『静かなドン』のショーロホフに受賞させたかったからだし、『ドクトル・ジヴァゴ』は、革命前の富裕層の知識人の甘いロマンスを描いていて反革命的だったからである。米国などでは、ソ連の言論弾圧に対する抗議運動が起きた。パステルナークはその後ほどなく病死している。

私は「蒼ざめた馬を見よ」を読んだ時、五木寛之はソ連寄りの作家なのかと思い、そのように書いたこともある（『評論家入門』平凡社新書）。しかしその後考えてみて、『ドクトル・ジヴァゴ』が単なる通俗的なロマンスであってノーベル賞に値しないということを言いたかったのかもしれないと思ったが、問題は、直木賞の時にそういうことは問題にならなかったのかということなのだが、どの委員も、そういうことには触れていないのである。いやそれどころか、直木賞以外でも、五木がどういう意図でこの作品を書き、パステルナークとの関係はどうなのかということを論じた文章を見たことがない。私が書いたことに対しても、何の反応もなかった。

その少しあとに大江健三郎が『洪水はわが魂に及び』で野間文芸賞をとったのだが、これなどは、あさま山荘事件を想起させるもので、しかし大江は事件が発覚する前から書いていて、途中で事件が起こり、それと関連づけられないように筆をゆるめたというが、事件の犯人たちを肯定する書き方になっているので、私は評価できないが、選考委員たちも、その点にはなるべく触れないようにしている。

このように、文学作品の政治的含意が文学賞での選考に関連することはないかといえば、それはもちろんあるのだが、芥川賞や直木賞では、もともとそういう作品は候補になりにくいから、あまり起こらない。むしろ作品とは関係なくバトルが起こることはあって、三島由紀夫賞が創設された時、犬猿の仲の大江健三郎と江藤淳が選考委員に並び、大江が選評で江藤への罵倒を浴びせるということがあった。もっともこの時は、選考の間中上健次が大江を罵り続け、中上の背後に江藤がいると感じた大江がそう書いたとも考えられる。また石原慎太郎が芥川賞の選考委員をしていた時、島田雅彦が新しい選考委員になったが、二人の仲は険悪だったらしい。

第三章　戦後昭和Ⅱ

倉橋由美子「夢の浮橋」１９７１

倉橋由美子（一九三五〜二〇〇五）は、大江健三郎より遅れて「パルタイ」で文壇に登場したが、大江の女版みたいな感じで、芥川賞はとれず、文藝誌に次々と作品は載せたが、いずれも大江の二番煎じ感が免れがたく、江藤淳が盛んに批判したら、反論してきた。勇ましいのはいいが、長篇を書いても大江のマネで、どうにもしょうのない作家であった。

高知県出身で、どこか垢ぬけない感じがあり、大長篇『スミヤキストＱの冒険』で挽回を狙ったが、有名な作品のわりに評価はされず、のちこれを書き直したみたいな『アマノン国往還記』で泉鏡花賞を受賞したが、大した作ではなかった。宮尾登美子は、『婦人公論』の女流新人賞を受賞したあと、高知県へ帰って「高知新聞」に連載したがぱっとせず、のち『櫂』で太宰治賞をとって評価され、直木賞もとって大作家になるが、無名作家だったころ、倉橋由美子の結婚相手を世話している。

のち『倉橋由美子の怪奇掌編』『大人のための残酷童話』など、元ネタを中国志怪小説やグリムにとったものを出して、一時期、何があったのか知らないがベストセラーになっていたこともあったが、病気がちだった倉橋は、七十歳を前に死んでしまった。

異彩を放ったといえるのは「山田桂子シリーズ」で、その第一作が『夢の浮橋』である。ジェイン・オースティン風に、中産階級の若い女の結婚を描きつつ、結婚などというのは階級が同じであれば相手は誰でもいいのだ、というシニカルな結婚観を提示しているが、それはある種の真実の開示でもあり、近代の恋愛至上主義への批評も含んでいる。桂子シリーズは『城の中の城』『ポポイ』などと続いたが、日本の批評界では十分な理解が得られずに終わった。

広瀬正「エロス」「ツィス」１９７１

私はどうもＳＦが苦手なのだが、これはどうやら「ニューウェーブ」以後のＳＦが、妙に難解でワケワカメなものになったせいもあるらしい。しかし、ＳＦや、特撮映画やドラマに出てくるもののうち、実際には科学的に存在しないものというのは結構あって、たとえば時間旅行というのは実際には不可能だし、「ワープ航法」という一時はやったものも、一九九七年に、不可能だという結論が出ているし、光線銃などというのも実際にはなさそうで、バリヤーというのも不可能らしく、だから異星人が次々とやってくるなどというのはありえないので、最近話題の中国ＳＦ『三体』（劉慈欣）も、太陽系から一番近いアルファ・ケンタウリから、三百五十年かけて侵略にやってくるという珍妙な話になってしまっている。

それに、ＳＦとなるとヴィジュアルも重要で、私などはオールディスの『地球の長い午後』なんか読んでも、登場する未来の動物の姿が分かりにくく、挿絵をつけてほしいと思うくらいで、それだったら小説より映画やアニメのほうがいいんじゃないかと思ってしまう。

そんな中、早く死んだ広瀬正（一九二四〜七二）は、私の好きなＳＦ作家だが、直木賞でも候補になると、司馬遼太郎が熱心に推していたから、むしろSFファン以外から支持されるSF作家だったのかもしれない。『ツィス』が一番面白いと思うが、淡谷のり子の半生をモデルにした『エロス』も捨てがたいので、二作あげておく。ハインラインの『時の門』を分析した「『時の門』をひらく」もよく、これを読むと『ドグラ・マグラ』や『吾輩は猫である』殺人事件』(一九九六)も面白くなる。

筒井康隆「脱走と追跡のサンバ」1971

筒井康隆(一九三四〜)と直木賞といえばもういくらでもネタになる。直木賞のとれなかった作家は数々いれど、その恨みを筒井康隆ほど大々的に表明した人はいない。もっとも、恨みはもっと深かったがそれを表明する場がなかったという可能性はあるし、筒井の『大いなる助走』は文藝春秋から出ているので、最初から文春の認可を得てやっていたとも考えられる。

筒井が直木賞候補になったのは三回で、一九六七年に「ベトナム観光公社」(短篇)、六八年に「アフリカの爆弾」(短篇)、七二年に『家族八景』で、この中でとれそうなのは中間小説的な『家族八景』だろうが、とれない理由も分かる。この続編が『七瀬ふたたび』だが、『家族八景』の主人公・火田七瀬がまた出てくるから「七瀬ふたたび」なのに、一九七九年にNHKでいきなり「七瀬ふたたび」でドラマ化されている。その後も、同作が有名になったからか、再度ドラマ化されている。

受賞してもおかしくないのは、初期ではやはり『脱走と追跡のサンバ』だろうと思う。なお直木賞をとれなかった恨み言を述べる筒井に「そのうちあなたが選考委員になってしまいますから」と言っていた人もいたが、ならなかったじゃないか。

なお今も高齢で存命だからかみな遠慮しているが、将来的にはフェミニズム的に叩かれる作家になるだろうと私はにらんでいる。

瀬戸内晴美「いずこより」1972

瀬戸内晴美（一九二二〜二〇二一）は、三島由紀夫より三つ年上である。夫と娘を捨てて徳島から出てきたが、一九六一年に『田村俊子』で田村俊子賞、六三年に私小説「夏の終り」で女流文学賞をとったあと、九二年に谷崎賞をとるまで、ほぼ三十年、文学賞と無縁だった。直木賞の候補になったことが一度だけあり、芥川賞は候補にもなっていない。

『新潮』に発表した「花芯《かしん》」が、エロティックな描写が多すぎると批判され、編集長の斎藤十一に、反論を書かせてくれと言ったら、五年間干されたという。批判されたから干されたのか、反論を書かせてくれと言ったから干されたのか、何度も書いているが分からない。

その間には『美は乱調にあり』という大杉栄と伊藤野枝の伝記小説も書いているし、恋愛通俗小説もずいぶん書いて、流行作家であった。それが何ほどかは文壇からの嫉妬を招いたであろう。

七四年には、今東光（春聴）を導師として出家し、寂聴となった。私は瀬戸内は東光と肉体関係があったのではないかと疑ったこともあるが、それはそれとして、東光の伝記小説を寂聴に書いてほしかったが、ついに書かなかった。

一九七九年の『比叡』は、私小説であり、純文学書下ろし特別作品であって、これで文壇への復帰を賭けた作ではないかと、私は思ったが、のちに読んでみて、これではダメだと思った。『いずこより』をはじめとして、瀬戸内は自分の愛欲の人生を綴った小説がいくつもあり、のちに野間文芸賞をとった『場所』もそうだが、結局『いずこより』が一番まとまっていて、あとは同じことを繰り返しているだけなので、ダメなのである。

瀬戸内には優れた伝記小説も多い。菅野スガを描いた『余白の春』もいいし、北原白秋を描いた『ここ過ぎて　白秋と三人の妻』もいい。しかし、原点と言うべき作品は『いずこより』である（「瀬戸内晴美作品集8」として筑摩書房から七二年に刊行）。

夏樹静子「蒸発　ある愛の終わり」１９７２

これもカナダ留学中に読んだものだが、夏樹静子（一九三八〜二〇一六）の初期の代表作である。私は夏樹静子というのは美しい人だと思っていて、これなどは離陸した飛行機から乗っているはずの乗客が一人消えるというトリックから始まっている。感心して読んでいたら、のちにアーノルド・シュワルツェネッガー主演のアクション映画「コマンドー」で、シュワルツェネッガーがいともたやすく離陸した飛行機から脱出したので、アジャーとなったことがある。

夏樹には、劇中劇として映画化された『Wの悲劇』もあり、薬師丸ひろ子主演で話題になったものだが、夏樹が書いたのは劇中劇の部分だけで、映画はアーウィン・ショーの『夏服を着た女たち』の中の「愁いを含んで、ほのかに甘く」を下敷きにしたものだった。

ドラマ化された「弁護士・朝吹里矢子」シリーズもあったが、夏樹の短篇集は、同工異曲が目立った。その後腰痛に苦しみ、心理的なものではないかと医者に言われ、『腰痛放浪記・椅子がこわい』などを書き、アルツハイマーを扱った『白愁のとき』など、非ミステリーの作品も書いたが、評価はいま一つだったのは、夫が新出光《しんいでみつ》の社長だったための嫉妬もあったのだろうか。

『蒸発』は日本推理作家協会賞受賞作である。

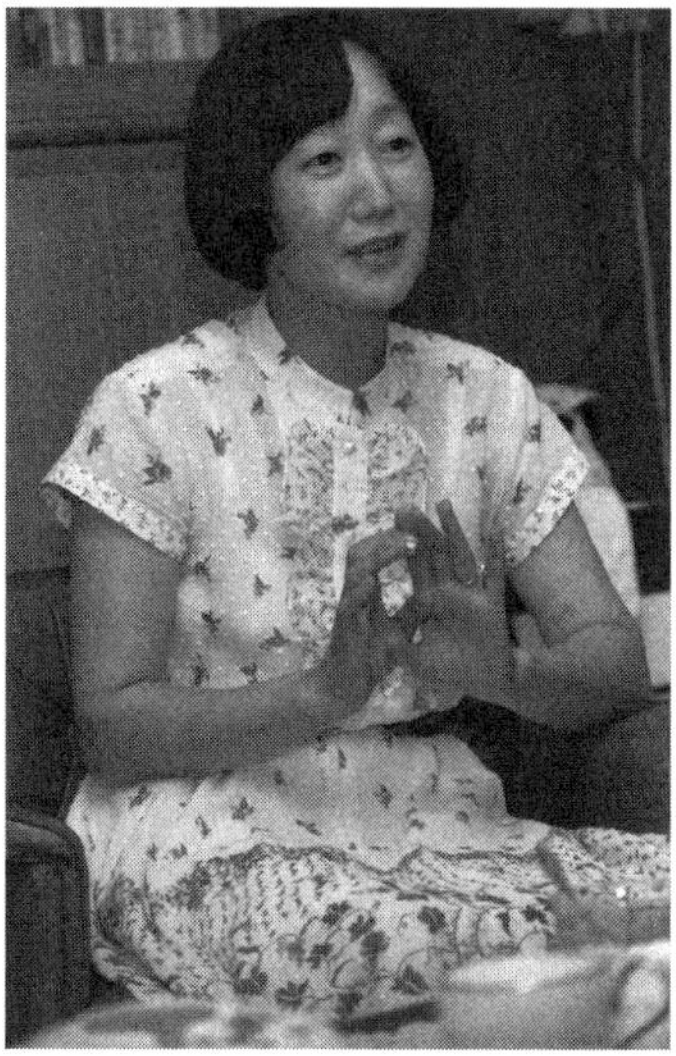
夏樹静子（朝日新聞社提供）

辻邦生「背教者ユリアヌス」
1972

辻邦生（一九二五〜九九）は、芥川賞候補になったこともないが、あまりそういうことが話題にならないのは、加賀乙彦と同じで、長篇作家だと思われているからだろうし、いくらか通俗味があるとも思われているからであろう。だいたいが東大出身のフランス文学者で学習院の教授だし、西洋人のような美男子なので、ほぼそういうことを考えてはいけないという気持ちにさせられるらしい。高校で配られる「国語便覧」の、作家一覧のページの辻邦生のところに、古書でも初版本は高値がついている、などと書いてあって、その「ある種の人気の高さ」を思わせた。

辻は「七三年三羽ガラス」と言われたことがあり、一九七三年に、辻の『背教者ユリアヌス』、小川国夫の『或る聖書』、加賀乙彦の『帰らざる夏』がベストセラーになったからなのだが、この三人はいずれも芥川賞をとっていない（小川は候補になるのを辞退したことがあるらしい）。それで年末になって江藤淳がこれらを「フォニイ」と言い出して、フォニイ論争が起きたわけだが、要するに「純文学じゃないんじゃないか」ということで、辻と加賀にはこれはわりあいついて回った。

私が『背教者ユリアヌス』を読んだのは二十代後半で、ローマ皇帝の称号がアウグストゥスで、副皇帝（次期皇帝）がカエサルだということをこれで知ったが、小説としては「純文学か？」という疑念は残った。しかしここは直木賞なんだから堂々直木賞でいいんじゃないだろうか。毎日芸術賞受賞作である。

素九鬼子「旅の重さ」１９７２

作家・由起しげ子は、戦後最初の芥川賞受賞作家で、「本の話」で受賞したのだが、これはなかなか面白い。その後『女中ッ子』がベストセラーになり、左幸子主演で映画化され好評を博した。のち一九七三年、NHKの少年ドラマシリーズでドラマ化されたが「女中」は放送禁止用語になっていたため「はつさんハーイ！」のタイトルになり、私も観ていた。

その由起が死んだ時、机の上に置かれていたのが素九鬼子《もときくこ》（一九三七〜二〇二〇）『旅の重さ』の原稿であったが、本名や連絡先が見つからない。筑摩書房で読んでみると面白いので刊行され、高橋洋子主演で映画化もされた。十代の少女が親に無断で一人旅に出て、母親に書いた手紙形式の小説だった。映画では海辺で高橋がヌードになる場面もあり話題になった。

その後、素が名のり出て、次作『大地の子守唄』は原田美枝子主演で映画化され、これも高い評価を受けた。もっとも七七年を最後に新作の刊行はなくなり、二〇二〇年に高齢で死去した。

深沢七郎「盆栽老人とその周辺」１９７３

最近、すばる文学賞を受賞して世評も高かった永井みみの「ミシンと金魚」が芥川賞候補にならず、佳作だった石田夏穂「我が友、スミス」が候補になったので、どういうことだ、と言われているが、深沢七郎（一九一四〜八七）の「楢山節考」も、中央公論新人賞をとって絶賛されたのに、芥川賞候補にはならなかった。これがなぜなのか、当時の人からの証言はない。ただあまりに絶賛され、十一月には映画化権が争われており、単行本が出るのも確定していたから、新人賞である芥川賞からは外されたのであろう。それより少し前の石原慎太郎の「太陽の季節」は、芥川賞をとっても、掲載誌『文學界』を出す文藝春秋で単行本にしてくれなかったから、新潮社から出たということがあった。

実は私が物ごころついた時、家には『楢山節考』の単行本があった。おそらく刊行当時、一九五六年ころに父が買ったものだろうが、正宗白鳥や木下恵介の賛辞が載った帯がつき、帯の背中には「不滅の国民文学」と書いてあった。のちにこれが新人賞受賞作であることを知り、それを「不滅の国民文学」とは大げさな、と思ったが、実際読んでみたら、私にはそれほどの作とは思えなかった。

そしてその五年後、深沢は「風流夢譚」を『中央公論』に発表し、そのため右翼青年が中央公論社長・嶋中鵬二の自宅を襲撃し、夫人に怪我を負わせお手伝いを殺害した。深沢は身を隠して放浪することとなる。そして二十年以上たって「みちのくの人形たち」で川端康成文学賞を授与されるが辞退し、同名の短篇集で谷崎潤一郎賞を受賞した。

「みちのくの人形たち」はいかにも評価されそう、という感じがするが、私はむしろ『盆栽老人とその周辺』をここで推しておきたい。というのは、これが出た一九七三年ころ、会社の図書室ででも借りてきたのか、父がなぜか小学校五年生の私にこれを読んで聞かせていたのである。それは田舎の選挙の話で、「盆栽老人」と名のる独居老人のところへ、選挙の運動をする人々がやってくるというような話だった。

川上宗薫「流行作家」1973

川上宗薫《そうくん》（一九二四〜八五）は、官能作家として知られるが、元は九州大学卒の純文学作家で、芥川賞候補になること五回で、ついにとれなかった。川上が少女小説作家から官能作家になったのは、友人の水上勉との確執が一因になっている。水上勉というのも数奇な人生を歩んだ人で、立命館大学卒だが、少年のころ福井県の実家から京都の寺へ入れられ、ここで知り合ったのが、のちに金閣寺に火をつけて三島由紀夫に描かれた林承賢《しょうけん》であった。

戦後水上は私小説『フライパンの歌』を刊行してこれがベストセラーになったが、なぜか執筆依頼などはなく、水上は子供向けの本を書いて糊口を凌いだ。この時明大前での乱れた生活の中で人手に渡した男の子が、窪島誠一郎である。

一九五五年ころ、松本清張と水上の推理小説がブームを巻き起こした。といっても水上が代表作の一つ『飢餓海峡』を書くのは六三年のことで、この当時書いた推理小説は、今読むとつまらなく、なんでブームになったのか分からない。そして六一年、水上は「雁の寺」で直木賞をとり、一流作家になっていく。のち直木賞選考委員から芥川賞選考委員に転身し、藝術院会員にまでなる。

六一年、宗薫が、水上とのことを描いた私小説「作家の喧嘩」を『新潮』六月号に発表するのだが、これに水上が激怒し、こんなものを発表されたのでは自分の社会的名声は地におち、流行作家としての地位も失うと言い、宗薫は七月号に「水上勉への詫び状」を載せた。水上が直木賞をとるのはその直後である。さらに三年後、水上は意趣返しに、宗薫をモデルとした長篇『好色』を『新潮』に掲載している。これは単行本化され、角川文庫にも入った。

しかし、「作家の喧嘩」は、そう大したものではないのである。どうも水上というのは、いくらか偽善者めいた人だったらしい。実は『好色』のほうがよほどひどく、宗薫夫人のことまで書いていて、夫人はこれを読んで自殺まで考えたという。

『ザ・流行作家』で宗薫と笹沢左保のことを書いた元編集者の校條剛《めんじょうつよし》は、宗薫はこの事件で文壇から干された、と思っていたら、『新潮』の同年九月号に、宗薫の「土曜日」と、水上の私小説「決潰」が載っているのを発見して驚いたという。『決潰』も角川文庫に入っている。宗薫自身が、干されたと書いていたのかどうか忘れたが、『新潮』はこれで最後だが、『文藝』にはまだ書いているし、既に少女小説作家としての歩みを始めている。

宗薫は、ついに一つも文学賞をとらず「流行作家」として死んでいったので、私小説『流行作家』をここであげておく。

吉村昭「冬の鷹」１９７４

吉村昭（一九二七〜二〇〇六）は、芥川賞候補に四回なって落とされた。うち一回は、決まったと連絡があったので自動車で出かけたら、欠席した委員に連絡したらもう一人（宇能鴻一郎）を推したので吉村の受賞はなしになっていた、というかわいそうな逸話がある。

その後、妻の津村節子が芥川賞をとり、吉村を気の毒そうに見る人もいたというし、選考委員の高見順は「受賞した津村君には悪いが、私は夫のほうを高くかう」とあったが削られ、その後死去した高見に代わって夫人がそれを吉村に見せたという話もある。だが、津村の受賞は、家計を潤すとも言えるだろうし、その後、少女小説ブームが来て、津村が少女小説を書いていたら、並みのサラリーマンより高収入だったともいう。

だが吉村は「星への旅」で太宰治賞に応募して受賞、『戦艦武蔵』を『新潮』に一挙掲載して、作家として一人立ちしていく。その後、徳川時代の医者、漂流民などを題材にしたものなど、事実に即した膨大な作品を書いたことは知られている。私も吉村のように小説を書きたいと思うが、吉村の生活は恐らくものすごく多忙で、津村は、結婚してから一度も一緒に劇場へ行ったりしなかったと言っているが、あれだけ大量に、取材を必要とする作品を書いていたらそうなるだろう。それに、面白そうな題材は吉村がすでに書いてしまっているので、私なぞには新規の題材が見つけられないという問題もある。

吉村が、なぜ直木賞候補にならなかったか、考えてみると、『戦艦武蔵』から五年ほどで『関東大震災』を書いて菊池寛賞をとっており、菊池賞は直木賞より格上の文藝春秋の賞だから、ではないかと思う。ずいぶん若くして菊池賞をもらったのは、例の芥川賞間違い事件のわびの意味があったのだろうと私は睨んでいる。直木賞を受賞すれば売れる作家になるはずだが、もはやこの時、吉村は、直木賞などという他からの箔付けが必要ない人気と実力を兼ね備えた作家になっていたのである。ここでは、『解体新書』の翻訳で知られる杉田玄白ではなく、その僚友だった前野良沢《りょうたく》を描いた『冬の鷹』を、直木賞にふさわしい長篇としてあげておく。

星新一「祖父・小金井良精の記」1974

ファンには申し訳ないが、私は星新一（一九二六～九七）のショート・ショートが面白いと思ったことがない。大学生のころ、機縁があって『未来いそっぷ』を読んでみたが面白くなかった。のちに「ボッコちゃん」など初期の有名なものを読んでみたら、こちらも面白くなかったので、これはちょっと慌てた。今も存命の新作落語家・桂米丸が、夢の中でリンゴをかじる話を落語に仕立てたのを聴いたことがあるが、これも面白くなかった。あとで星の原作を読んだら、もうちょっと意味づけがしてあった。

私は高校三年の時に、川端康成の「掌の小説」を愛読したことがあるが、星のそれは川端のに比べてまったく面白くなかった。あれは中学生の時に読むものだ、と言う人もいたが、海音寺潮五郎や井上靖の歴史小説を愛読していた中学生時分の私が読んでも、やっぱり面白くなかっただろう。

だが、星には長篇の実録ものが三冊もある。『人民は弱し官吏は強し』（一九六七）、森鷗外の義弟を描いた『祖父・小金井良精の記』『明治・父・アメリカ』（一九七五）で、私は最相葉月の『星新一』で、星が直木賞をとれなかったと嘆いていたとあったのを聞いた時、この三冊のどれかで賞をあげたらよかったのにと思った（ただし星は『妄想銀行』で日本推理作家協会賞はとっている）。『祖父・小金井良精』はうちの父が買ったのか当時家にあったが、これは実録だから直木賞には普通はならないが、佐木隆三の『復讐するは我にあり』だって実録なのだからいいだろう。

コラム　城山三郎の政治的立場（直木賞こぼれ話③）

城山三郎（一九二七〜二〇〇七）は「総会屋錦城《きんじよう》」で直木賞をとり、以後「経済小説」の大家として娯楽小説畑で活躍し、渋沢栄一を描いた『雄気堂々』や、特に戦争を進めたわけでもないのに東京裁判で死刑になった元総理・広田弘毅を描いた『落日燃ゆ』などの歴史小説もある。元は名古屋で経済学を学んだ人物だが、もともと文学青年で、ジョイスの『ダブリン市民』を英語で愛読していたといい、しかし文学では生計が立たないから経済学をやり、大学の先生をしていたのである。

ところで私は前から、城山の政治的立場が気になっている。マルクス経済学をやったわけではないし、むしろ経済史的なことに関心があったようだが、『落日燃ゆ』では、死刑になる直前に東条英機らが、「天皇陛下、万歳」とやっていると、広田がやってきて、「今、マンザイをやっていたのですか」と言ったということが書かれている。これに対して、広田の息子に話を聞いた平川祐弘は、そんなことは言ったとは思えないと言うのだが、その場には仏教学者の花山信勝《しんしよう》が教誨のためにいたので、花山に訊けば良かったのだが、今では故人である。

藝術院会員にはならなかったが、選ばれなかったのかもしれないし、むしろ広田弘毅を描くあたりが、やや保守っぽいのかという気もする。特に城山は晩年、妻を亡くして『そうか、もう君はいないのか』を書いたくらいだが、角川のPR誌『本の旅人』に巻頭エッセイを連載していたのだが、ある時からエッセイにボケの症状が出はじめて、新幹線で関西から帰るのに小田原で降りるつもりが小田原に止まらないひかりに乗ってしまったとか、夕飯のため隣の駅まで行ったらいきなり真夜中になっていてタクシーで帰ったとか書いていて、心配していたら、戦争中のことを書き始めて、どうも甘粕正彦のことを書いているらしいのだが、「その人」に世間は期待した、とか「天」という字の入った名前が、とか書いてあってほぼ意味不明で、それが城山の絶筆となった。

コラム　半村良の「市井もの」

ＳＦでは直木賞はとれなかった例として、私がかつてよくあげていたのが、ＳＦ作家の半村良が「雨やどり」という「市井《しせい》もの」で直木賞をとったことだ。「市井もの」といっても今では通じないかもしれないし、当時も一般の人には通じなかっただろう。つまり水商売の女とか、すぐ男にやらせてしまう女とかを、哀感をこめて描いた小説のことだ。哀感を抜きにすると、大正ころに徳田秋聲や永井荷風が描いたような世界で、それが藝者から、バーのホステスとかになったわけである。

ところで初期の筒井康隆の小説には、そういうバーやクラブの女というのがよく出てきた。私は、大人になったらそういうところへ出入りするようになるのだろうかと思っていたが、私が社会人になるころには、そういう文化は廃れかけていたから、のちちょっと銀座のキャバレー「白いばら」へ出入りしたくらいで終わったが、文壇バーの女性というのははっとするくらい美人であるということは、大手出版社のパーティで目撃した。おそらく知性もあるのだろうが、こっちは話したことがないから知らない。一九七〇年前後には、作家や自由業の人はわりあいそういう店へ出入りしていたものらしい。

コラム 長部日出雄の「転向」

直木賞作家・長部日出雄は、映画に詳しいことでも知られているが、どちらかといえば左翼的な作家であった。その長部が、郷里の先輩である太宰治の伝記を二つ書いた。そのうち、『桜桃《おうとう》とキリスト』(二〇〇二)というのを読んだら、大変おもしろかったので、書評で称賛した。すると、確か長部からお礼のハガキが来た。そしてそれから、ご著書を送ってくださるようになった。

ところが、前からちょっとその気配はあったのだが、長部はそのころ、右傾していて、『「古事記」の真実』はともかく、『「君が代」肯定論』などというものを送ってくるようになり、私としてはお礼のハガキの出しようもなく、困っていた。そのうち、私にそういう本を送るのは不適切だと気づいたのか、送って来なくなり、死去した。

有吉佐和子「複合汚染」1975

大庭みな子と河野多恵子が、一九八七年に芥川賞の選考委員になるまで、芥川賞に女性の選考委員はいなかった。直木賞でも同じ時期に田辺聖子と平岩弓枝が選考委員になるまで、女性選考委員はいなかった。佐多稲子も円地文子も、野上弥生子も吉屋信子も、問題とされなかったので、これを今から見れば、女性差別と言うほかない。だから河野が、女の候補作に対して肩入れしすぎる傾向があったのはある程度はやむを得ない。

有吉佐和子（一九三一〜八四）や曽野綾子、瀬戸内晴美や金井美恵子や津島佑子が芥川賞をとれなかったのも、才能のある女への差別があったと言われても仕方ないだろう。文藝の世界は、その後むしろ女性上位と見えるほどに推移してきた。ただし大学のある部面では依然として女を入れないといった部分がある。

しかし有吉の場合、才気がありすぎるのが嫌われたといっても、文章が時に通俗に流れることがあったのは確かで、『群像』の編集長・大久保房男が絶対に有吉には書かせなかったというのもそういうことだろうが、今では文藝誌はそういう性別によるパージはしなくなり、代わりに文壇構成員の好みによるパージを行うようになっている。有吉は大久保退任後、『和宮様御留《かずのみやさまおとめ》』などを『群像』に連載したが早世し、別途長くパージされていた石原慎太郎は、西村賢太が引き入れて『群像』に書けるようになったのは八十歳を過ぎてからだったが、その後西村のほうがパージされてしまった。

　有吉は、『華岡青洲の妻』などはさすがにいいのだが、『恍惚の人』などは、老人痴呆問題を扱ったものとしてベストセラーにはなったが、その文章の通俗味には辟易した。『複合汚染』も、食品添加物などの公害問題を扱った長篇だが、先の大久保が、「有吉佐和子が初めて純文学を書いた」と言ったという作品でもある。なぜかといえばこれが私小説仕立てだからで、都議選に高齢の市川房枝を担ぎだそうとする市民運動家と有吉が遭遇する場面から始まっている。その市民運動家の中心にいたのが、若き菅直人だったという。しかしそのあとは、有吉があちこちの専門家に汚染問題について訊いて回るという構成で、大久保はちょっとからかったのかもしれないという気もする。

　有吉には、黒人差別を扱った『非色《ひしき》』もあるが、これも文章は良くない。『ぷえるとりこ日記』は岩波文庫に入っていて、内容は通俗的だが、プエルトリコへ行った時の体験が生かされていて面白い。むしろ、最後の長篇となった『開幕ベルは華やかに』が、ちょっと題名が下手なんだが、演劇の裏面を描いていて面白かった。なお先ごろ死んだ石原慎太郎が「不法入国している三国人が」と言った「三国人」を差別語だと認識している人がいたようだが、一九七八年に有吉が『週刊

有吉佐和子

朝日』に連載した『悪女について』の冒頭近くに、中国人の意味で「三国人」が出てくる。

有吉といえば五十二歳で急逝するのだが、その少し前にタモリの「笑っていいとも！」をハイジャックするという事件があり、橋本治が、講談社文庫『恋愛論』の後ろに「誰が彼女を殺したのか？」という有吉論でこれに触れていて、あれはヤラセだったと書いている。プロデューサーに頼まれてしたことだという。なお橋本の『恋愛論』は、講談社文庫が絶版になってから、ソフトバンク文庫で復刊した時は有吉論が削除されていたが、その後出た文庫ぎんが堂は「完全版」として復活している。

コラム 佐木隆三と筒井康隆

筒井康隆の日記『幾たびもDiary』に、阿部牧郎が直木賞をとった時のことが書いてある。二十年前、俺と佐木隆三と阿部牧郎はある遊びの仲間だった。それから苦節十年、佐木が直木賞をとり、阿部はそれから苦節十年で直木賞をとった。どうやら俺はあと苦節十年やらないととれないらしい、と言ったので、聞いていた陳舜臣が、まだこだわっているのかと呆れた顔をした、というのだが、この「ある遊び」というのは、佐木の自伝『もう一つの青春日曜作家のころ』(岩波書店)によると、「酔狂連」という、野坂昭如を頭にいただいた作家のグループで、特にこれといった活動をしていたわけでもないらしい。

しかしこの自伝を読んで、佐木の作品歴を調べてちょっと驚いた。私は佐木というのは犯罪者のノンフィクションが主で、あまり売れない寡作な作家だったのだろうと思っていたら、

赤澤かおり

人生にはいつも料理本があった

有元葉子、栗原はるみ、ケンタロウ、高山なおみ、辰巳浜子、石井好子、辻静雄……20年以上料理本を作り続けてきた著者による、胃も心も虜にされた150冊余。
87916-5　四六判（1月20日発売予定）１７６０円

写真：広瀬貴子

小谷野敦

直木賞をとれなかった名作たち

直木賞をとってしかるべきだった83作品を独自基準で選出。理屈抜きに面白い名作を紹介し、文壇のこぼれ話を交え昭和から現在までの文学史を裏側から描き出す。
81687-0　四六判（1月14日発売予定）２０９０円

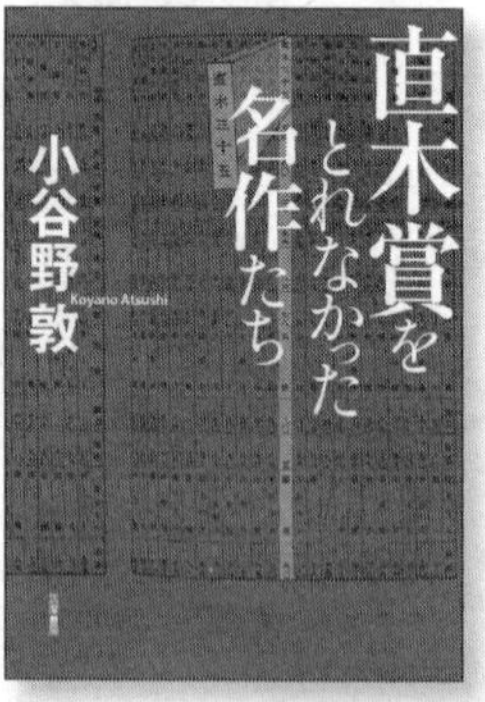

6桁の数字はISBNコードです。頭に978-4-480をつけてご利用下さい。

筑摩選書

1月の新刊 ●18日発売

0245
平和憲法をつくった男 鈴木義男
東北学院大学名誉教授 仁昌寺正一

日本国憲法第9条に平和の文言を加え、25条の生存権を追加することで憲法に生命を吹き込んだ法律家・政治家「ギダンさん」。その生涯をたどるはじめての本格評伝。

01765-9 1980円

0246
ストーンヘンジ ▼巨石文化の歴史と謎
装丁家 山田英春

いったい誰が、何のためにつくったのか？ 100以上のブリテン諸島の巨石遺跡を巡った著者が、最新研究をもとにその歴史と謎を整理する。カラー図版多数。

01763-5 2200円

0247
東京10大学の150年史
青山学院大学教授 小林和幸 編著

筑波大、東大、慶應、青山学院、立教、学習院、明治、早稲田、中央、法政の十大学の歴史を振り返り、各大学の特徴とその歩みを日本近代史のなかに位置づける。

01767-3 1870円

好評の既刊 ＊印は12月の新刊

入門講義 ウィトゲンシュタイン『論理哲学論考』
大谷弘 二〇世紀最大の哲学書をていねいに読み解く
01757-4 1980円

雇用か賃金か 日本の選択
首藤若菜 クビか、賃下げか。究極の選択の過程を追う
01755-0 1650円

闘う図書館 ――アメリカのライブラリアンシップ
豊田恭子 民主主義の根幹を支えるアメリカ図書館とは
01758-1 1760円

「笛吹き男」の正体 ――東方植民のデモーニッシュな系譜
浜本隆志 名著『ハーメルンの笛吹き男』の謎を解く
01753-6 1760円

基地はなぜ沖縄でなければいけないのか
川名晋史 沖縄の基地問題は、解決不可能ではない！
01759-8 1760円

日本の戦略力 ――同盟の流儀とは何か
進藤榮一 日米同盟に代わる日本の戦略を提唱する
01760-4 2090円

＊人類精神史 ――宗教・資本主義・Google
山田仁史 人類精神史を独自の視点で読みとく渾身の書
01761-1 1980円

＊公衆衛生の倫理学 ――国家は健康にどこまで介入すべきか
玉手慎太郎 誰の生が肯定され誰の生が否定されているか
01762-8 1870円

6桁の数字はISBNコードです。頭に978-4-480をつけてご利用下さい。

1月の新刊 ●12日発売

ちくま文庫

生きていく絵

荒井裕樹

●アートが人を〈癒す〉とき

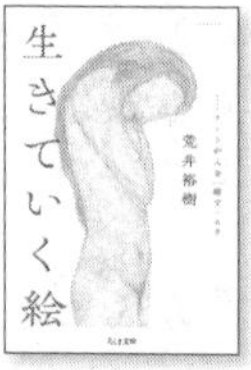

堀江敏幸氏、柴田元幸氏、川口有美子氏推薦！

心を病んだ人が、絵を描くことで生きのび、描かれた絵に生かされる——。生きにくさの根源を照らし、〈癒し〉の可能性をさぐる希望の書。（堀江敏幸）

43856-0
990円

十六夜橋 新版

石牟礼道子

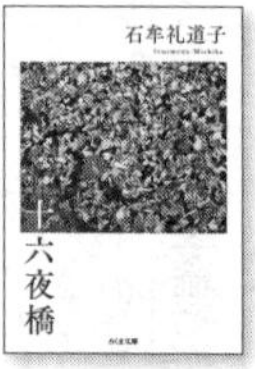

石牟礼道子の名著、待望の復刊！

不知火（しらぬい）の海辺に暮らす人びとの生と死、恋の道行き、うつつとまぼろしを叙情豊かに描く傑作長編。第三回紫式部文学賞受賞作。（米本浩二）

43860-7
1100円

韓くに文化ノオト

小倉紀蔵

●美しきことばと暮らしを知る

ハングル、料理、宗教、文学、街……韓国のさまざまな文化について知りたいひとは必読のエッセイ集。『韓国語はじめの一歩』を改題・大幅に増補。

43835-5
968円

銀幕に愛をこめて ぼくはゴジラの同期生

宝田明 構成 のむみち

華やかなスクリーンで大活躍したスタアが、ゴジラ誕生の思い出、撮影所の舞台裏、華麗なるミュージカルの世界、そして戦争体験を語った。（切通理作）

43854-6
1320円

死んでたまるか

団鬼六

●団鬼六自伝エッセイ

驚く程に豊かで、強く、愛おしい。「文学界の異端児」が綴る無二の人生——エッセイの名手としての輝きに満ちた傑作が待望の文庫化！（黒岩由起子）

43857-7
880円

6桁の数字はISBNコードです。頭に978-4-480をつけてご利用下さい。
内容紹介の末尾のカッコ内は解説者です。

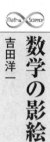

1月の新刊 ●7日発売

ちくま新書

1702
ルポ プーチンの破滅戦争
▼ロシアによるウクライナ侵略の記録
真野森作（毎日新聞記者）

なぜウクライナ戦争が起こったのか、戦時下で人々はどうしているか。虐殺の街で生存者の声を聞いた記者が、露プーチン大統領による理不尽な侵略行為を告発する。

07527-7
990円

1703
古代豪族 大神氏
▼ヤマト王権と三輪山祭祀
鈴木正信（成城大学准教授）

ヤマト王権の国家祭祀を担った氏族、大神（おおみわ）氏。三輪山周辺が政治の舞台だった五～六世紀に祭祀を職掌として台頭した大神氏と古代王権の実態を解明する。

07535-2
1034円

1704
英語と日本人
▼挫折と希望の二〇〇年
江利川春雄（和歌山大学名誉教授）

日本人はいかにして英語を学んできたのか？ 文明開化、英会話ブーム、小学校英語への賛否――、二〇〇年に及ぶ悪戦苦闘の歴史をたどり、未来を展望する決定版。

07531-4
1012円

1705
パワハラ上司を科学する
津野香奈美（神奈川県立保健福祉大学大学院准教授）

「どうしたらパワハラを防げるのか？」十年以上にわたる研究で、科学的データを基にパワハラ上司を三つのタイプ別に分析、発生のメカニズムを明らかにした。

07534-5
990円

1706
消費社会を問いなおす
貞包英之（立教大学教授）

消費社会は私たちに何をもたらしたか。深刻な環境問題や経済格差に向き合いながら、すべての人びとに自由や多様性を保障するこれからの社会のしくみを構想する。

07533-8
968円

6桁の数字はISBNコードです。頭に978-4-480をつけてご利用下さい。

けっこう前世紀には年に五、六点の新刊を出し、しかもほとんどが文庫化される、割と売れる作家だったのである。

曽野綾子「木枯しの庭」1975

曽野綾子

樋口一葉を始め、美人だと言われている女性文学者は何人かいるが、若いころの曽野綾子（一九三一～）は本当に美しく、当時文学全集の表紙を飾ったくらいである。夫となる三浦朱門ら東大生がやっていた伝統ある同人雑誌『新思潮』に、聖心女子大から参加し、三浦と結婚、二十二歳で「遠来の客たち」によって芥川賞候補となるが、もう一度候補になってとれず。その後いつの間にか売れっ子作家になっていたが、特にこれといった出世作があるわけではない。五十歳近くなって、「朝日新聞」に連載した『神の汚れた手』という人工妊娠中絶を扱ったもので女流文学賞を授与されるが、これを辞退する。だがその後は藝術院賞などをもらって三浦とともに藝術院会員、さらに文化功労者である。その間、恋愛論『誰のために愛するか』や教育論『絶望からの出発』などの評論がベストセラーにもなり、社会的名士だったが、いつしか、三浦とともに「保守・右翼」と言われるようになった。

三浦とともにカトリックなので、自然と政治には保守的になるわけで、そのため論争になることもあったが、曽野は少女のころ、母から無理心中させられそうになったことがあり、芯の強い人で、太平洋戦争最後の沖縄における集団自決についても、軍人による強制はなかったという論を書いて大江健三郎に反駁している。人間観が冷徹であり、聖書においても、「ヨブ記」を例にあげ、神は人を現世で救ったりはしないという確固たる持論があり、ドストエフスキーより神観はしっかりしている。

『木枯しの庭』は、母が買って読んだのがうちにあったのを、借りて読んでみたら、母との紐帯を切れないで独身のままの中年の学者を薄気味悪く描いていて、感心した。

萩原葉子「蕁麻の家」1976

萩原葉子（一九二〇〜二〇〇五）は、朔太郎の一人娘である。母である朔太郎の妻は家を出てしまい、朔太郎が再婚した妻は朔太郎の母と折り合いが悪くてまた家を出され、朔太郎が病気で死にそうになっても、母は葉子を朔太郎の後継者にはしないとがんばったのだが、病床の朔太郎が葉子へという意思を示したために葉子が救われるという私小説で、朔太郎と葉子が朔太郎の母からいじめられる話である。

葉子は文筆家としては、『父・萩原朔太郎』でデビューし、近い関係だった三好達治を描いた『天上の花』で田村俊子賞・新潮社文学賞をとり、芥川賞候補にもなったがとらなかった。『蕁麻《いらくさ》の家』は女流文学賞をとったが、すでに五十六歳になっていたから、直木賞ならいいだろうが芥川賞ではないだろう。結局続編も書かれているし、萩原葉子の代表作はこれであろう。のち続編による三部作を完成させ、毎日芸術賞を受賞した。当時八十歳を超えた葉子はモダンダンスに熱中していて、それが新聞記事になったりした。息子は演劇の萩原朔美。

当時、「作者は被害妄想だ」と言った文藝評論家がいると仄聞したのだが、未だに確認はできていない。

高橋たか子「誘惑者」1976

高橋たか子（一九三二～二〇一三）は、高橋和巳の妻として知られた人で、和巳のことを「家では自閉症の狂人だった」と書いたこともある（この「自閉症」は誤用）。その後キリスト教にのめりこみ、女子パウロ会などから著作を出していたし、長篇小説の一つが「レディコミ」みたいだと言われたこともあるが、実際に読んで内実を検討した人はほとんどいなかった。初期の『誘惑者』は、昭和八年に大島の三原山へ女子学生二人が相次いで飛び込み自殺した際に、二回とも立ち

高橋たか子

会っていた女子生徒のことを描いたもので、面白いのであげておく。

島尾敏雄「死の棘」1977

「死の棘」は今さら言うまでもない名作だから、あげる必要もないかと思ったが、一応あげておく。これは一九六〇年にいったん完成し、さらに書き継いで七七年に刊行、島尾敏雄（一九一七〜八六）の代表作だが、まぎれもない私小説でありながら、私小説を批判攻撃する人に「じゃあ『死の棘』はどうだ」と言う人があまりいない気がするのはどういうわけだろう。

映画『死の棘』DVD

かねて、名作小説は映画化しても名作にはならないと言われていたが、このころから、映画化しても名作と言われる例が増えてきた。「死の棘」は岸部一徳と木内みどり、「火宅の人」や「復讐するは我にあり」が緒方拳、「細雪」、「それから」、「楢山節考」（今村昌平）などだが、私はこれらをさほど名作映画だと思っていない。『それから』と「楢山節考」は、原作からして名作だと思っていないし、ほかは映画は原作には及ばないと思っている。

中野孝次「麦熟るる日に」1978

中野孝次（一九二五～二〇〇四）は、東大独文科卒で國學院大學教授をしていたが、『ブリューゲルへの旅』で日本エッセイストクラブ賞をとり、「鳥屋の日々」で芥川賞候補になったが受賞はしなかった。それを含めた初期小説集が『麦熟るる日に』で、これも五十を超えての処女作ということになる。平林たい子文学賞を受賞している。

のち『清貧の思想』がベストセラーになるが、中野自身は元大学教授で著作も多く、全然「清貧」ではなかったと車谷長吉に批判されていた。左翼だったのに藝術院会員にはなるし、あまり人柄が立派とはいえないとは感じる。

柄谷行人と怒鳴りあった事件も有名だが、あれは「鳥屋《とや》の日々」などを柄谷が文藝時評で軽く批判したことや、反核声明事件での対立などがあるが、深いことを言えば、柄谷工務店の息子で裕福に育った柄谷と、千葉県の大工の息子として育った中野の、出自から来る反感が根底にあった（文藝時評でも柄谷はちょっと勘違いをしている）のではないかと思う。

私も、東大の大学院まで行ったが父は単なる時計職人だという劣等感を抱いて生きていたから、中野の初期作品に共感したこともあった。今ではそれほどでもないが、「親ガチャ」などと言われる今日、中野作品が人を励ますこともあるだろう。

竹西寛子「管絃祭」1978

竹西寛子

竹西寛子（一九二九〜）は、「作家・評論家」と記されることが多い。小説のほかに、日本の古典作品の評論が多いからだが、この人はちょっと変わった経歴で、一九二九年生まれで今も存命である。広島出身で被爆体験があり、早大国文科を出てから河出書房、筑摩書房で編集者をしながら、丹羽文雄の同人誌『文学者』に参加し、一九六二年に退社して執筆に専念、六四年に『往還の記――日本の古典に思う』という評論で田村俊子賞、七三年に『式子内親王・永福門院』というやはり評論で平林たい子賞、七六年、四十七歳の年に短篇小説「鶴」で芸術選奨新人賞をとり、七八年に被爆体験を描いた『管絃祭』で女流文学賞を受賞している。芥川賞候補になったことはない。

遅咲きの作家だが、今では藝術院会員である。

河野多恵子と瀬戸内寂聴の対談（「寂聴まんだら対談」『群像』二〇一〇年六月号）にあった話だが、河野が若いころ『男友達』という長篇を書いた時、「ベッドシーンだらけだ」と言われた。河野は数えてみたら二〇％しかなかったので、反論しようとして瀬戸内に電話したら、「竹西寛子さんにも相談してみたら」と言われ、竹西に電話したら、「なさりたいならなさればよろしいけれど、作家がそういうことをしていいのは三度までです」と言われ、反論するのはやめにした、という。

橋本治「桃尻娘」1978

橋本治(一九四八〜二〇一九)は、かつて、評論家として評価されるが小説家として評価されないという不遇を訴えていた。だが『蝶のゆくえ』(二〇〇四)で柴田錬三郎賞をとって、小説を書いていいのかな、と思い、純文学雑誌に「巡礼」「橋」「リア家の人々」を続けて発表した。しかし、これらはいずれも文学賞はとれなかった。

映画『桃尻娘』DVD

橋本は、やっぱり小説は下手だったのである。しかし、最初の『桃尻娘』はうまかったのである。むしろ、中間小説的な軽いノリの小説があっていたので、リアリズムの小説はあっていなかったと言うべきか。

もっとも橋本は、早すぎた晩年に、ちょっと変な、困った人になりつつあった。微妙に間違ったことを言うのである。たとえば、「天皇というとみな近代の天皇のことしか論じない」などと言う。だが古代や中世、近世の天皇について論じている人だっているのである。あるいは『浄瑠璃を読もう』で、忠臣蔵、菅原、千本桜を書いたのは、竹田出雲、並木千柳、三好松洛《しょうらく》の三人の劇作家だと言っている。だが竹田出雲は、「菅原」では初代、あとは二代目だから「三人」ではないのである。これは私は連載中に訂正するよう言ったのだが、伝わらなかったのか、直らないまま単行本になった。

大西巨人「神聖喜劇」1978

大西巨人（一九一六〜二〇一四）の『神聖喜劇』は、ダンテの『神曲』を別な風に訳したのと同じ題名だが、戦前の軍隊を舞台にした痛快な冒険小説とも言える。主人公の陸軍二等兵・東堂太郎が、ものすごい記憶力で法律を暗記し、それを武器として横暴な上官などと戦っていく話である。一九六〇年から『新日本文学』に連載が始まり、未完のまま一九六八〜六九年に光文社から三巻まで出たが、一九七八年から八〇年にかけて全五巻で完成版が出た。その後、文春文庫、ちくま文庫、光文社文庫で三度文庫化されている。

刊行当時、谷崎潤一郎賞の候補に擬されたが、大西が辞退したと噂され、受賞したのは河野多恵子の『一年の牧歌』だった。これについて、大西を敵視する勢力は、大西は生活保護を受けており、受賞すると賞金が入って生活保護を打ち切られるからだと悪質なデマを飛ばした。大西は左翼とされているため、江藤淳が自殺したあと、柄谷行人との対談で江藤を俗物と罵り、山崎行太郎が「産経新聞」で大西を「小西先輩」などと呼んで罵倒する一幕もあった。

なお大西にはほかに『地獄変相奏鳴曲』『三位一体の神話』などの長篇があるが、『神聖喜劇』とはまったく異なる異常な作品で、通読には耐えない。『神聖喜劇』にも欠点はあり、『一九八四年』の法則で、主人公の女性関係が、普通にもて過ぎて面白くない。

インベカヲリ★『家族不適応殺――新幹線無差別殺傷犯、小島一朗の実像』（KADOKAWA）は、新幹線内で無差別殺人で一人殺して無期懲役になった男を描いたものだが、この小島一朗というのが、東堂太郎と同じく、法律を暗記して警官をやりこめる人物で、刑務所に入れば法律によって人権を保護されると言っていたので、私は「まるで『神聖喜劇』だ」と思ったのだが、小島は『神聖喜劇』を読んではいないという。

灰谷健次郎「太陽の子」１９７９

私が中学生のころ、灰谷（一九三四～二〇〇六）原作の「兎の眼」がＮＨＫの少年ドラマシリーズで放送された。私は特に好きではなかった。大学一年の時に、「太陽の子」が、やはりＮＨＫで、長谷川真弓の「ふうちゃん」でドラマ化された。これは映画もあったが、長谷川真弓がとてもかわいかった。もっとも、灰谷の作品で読んだのはこの二作だけである。

ただ、のちに教条的な平和主義左翼みたいになり、一九九七年七月に、新潮社の『ＦＯＣＵＳ』が殺人事件を起こした少年の写真を載せたのを機に新潮社から版権を引き上げて角川書店に移した。新潮社ではその七月に「小説新潮7月臨時増刊・灰谷健次郎まるごと一冊」を刊行し、人気小説『天の瞳』のうち三百枚を一挙掲載していたから、何か別途あったのかとも勘ぐれるが、そうでないなら、有力作家の権力を振り回したとしか思われなかった。

ところで灰谷は、九四年に新潮社からマイケル・ドリス『朝の少女』を訳出しているのだが、そんなに英語ができるのかと思って読んでみたら立派な翻訳で、これは事件の前の九七年一月に新潮文庫になっている。ところが、同じ作家の『森の少年』は九六年に新潮社から出しているが、事件後の九九年に、佐々木光陽訳で新潮文庫から出ている。

灰谷はもとは純文学作家で、『新潮』に短篇を載せたことがあったが、作中での「差別用語」が問題になり、筆を折ったという経緯があり、『FOCUS』を創刊した斎藤十一とは当時からの関係だった。

しかし、灰谷はやっぱり「ロリコン」だったんだろうかという気がする。別に、小学生から中学生くらいの女児が好きだということ自体は、悪いことではないと思う。

笹沢左保「詩人の家」1979

「木枯し紋次郎」の原作者としても知られる笹沢左保（一九三〇～二〇〇二）は、サスペンス・恋愛小説など多く書いている多作な流行作家だったが、父は詩人の笹沢美明《よしあき》で、昭和女子大学教授などを務めるドイツ文学者でもあり、一九八四年まで生きていた。左保は筆名だが、父には似ず、左保は大学へも行かず、推理小説を書いていたから、当初は不肖の息子だったであろう。直木賞も三回候補になってとれなかった。

筒井康隆や阿部牧郎も同世代なので、のち阿部が遅咲きで直木賞をとった時は、筒井や笹沢はどうなるんだ、という声も選考会で出たというが、この場合、笹沢が「木枯し紋次郎」で知られた流行作家で、阿部がそれほど有名ではないということが、直木賞受賞の決め手となったのだろう。直木賞にはそういうところがある。父との関係を描いた自伝的小説が『詩人の家』で、私は代表作としてはこれをとる。

中村光夫「グロテスク」1979

中村光夫（一九一一〜八八）は、文藝評論家として知られる。東大でフランス文学を学び、明治大学教授を務め、『文學界』の初期からの同人だった。その一方で小説も書き、芥川賞選考委員も務めた。中村以前には、河上徹太郎が選考委員をしていたことがあったが、中村の退任後は、文藝評論家が選考委員をすることはなくなった。

中村は、最初に芥川賞の選考委員を委嘱された時、「あれは、作家のみなさんが選考するものではありませんか」と反問したという。すると編集者は、「いえ、中村さんは小説も書いておられるので、小説家としての中村さんにお願いするのです」と言ったという。だが、これは真っ赤なウソで、中村が最初に書いた小説は『『わが性の白書』』で一九六三年の刊行（『群像』に連載）

だが、芥川賞の選考委員を務め始めたのは一九五五年、中村が四十四歳の時なのである。何かの勘違いである。

なお『『わが性の白書』』は、『わが性の白書』という著作をめぐる文壇を舞台とした小説なので、カギカッコが二重になる。当時「朝日新聞」の文藝時評で林房雄が書いたとおり、文壇を舞台としていても、全然モデルはなく、誰も傷つけないという「文壇の紳士」ぶりが表れた小説であった。

ところで中村光夫といえば、私小説否定論で知られるが、戦後すぐに『田山花袋集』（東方書局）を編纂しているし、のちに集英社文庫では『私小説名作選』を編纂している。これは日本ペンクラブからの依頼だったので、中村は、これは私への挑戦だなと思って引き受けた、と対談で笑いながら言っていた。そしてとうとう自分でも私小説らしいものを書き始めるのだが、その短篇を集めたのが『グロテスク』である。中村（本名・木庭《こば》一郎）の祖父が上野辺で医者をやっていたことなどが書かれているが、顔を見ると別にいい男でもないが、代々女にもてる家系だったらしく、父と息子とで同じ女とやってしまった、というようなことが書いてある。

途中からにしては中村の小説と戯曲は多く、明治期を描いた『贋の偶像』で野間文芸賞、純文学書下ろし特別作品『ある愛』のほか、戯曲「汽笛一聲《いっせい》」では読売文学賞をとっている。もっともこれは大した作ではない。

野口冨士男「散るを別れと」1980

野口冨士男（一九一一〜九三）は、私の事実上の郷里である埼玉県越谷市の図書館に「野口冨士男文庫」があるのだが、野口が越谷出身なわけではなく、戦時中から戦後にかけて妻の実家である越谷へ疎開していた関係である。

野口は本名を平井といい、慶應の予科中退で、若いころから小説はうまかったのだが（『風の系譜』という初期の長篇が講談社文芸文庫で復刊している）、戦争を挟んで、四十三歳で芥川賞候補、四十六歳で直木賞候補になるのだがとれず、徳田秋聲の伝記を書くのに、何しろインターネットもない時代にあれこれ調べていたために十年近くかかり、『徳田秋聲伝』で毎日藝術賞をとったのが五十五歳のころで、その文学的知識を川端康成に見込まれて、日本ペンクラブ五十年史を書いた。

さらに『わが荷風』で読売文学賞をとったのは六十過ぎ、だが小説で賞がとれていないので、文藝評論家のように思われて不遇だった。中村真一郎なども、小説より評論のほうが評価されてしまう作家だった。

だがその三年後、『かくてありけり』という小説集で六十七歳で初めて小説で読売文学賞をもらう。さらに日本藝術院賞をとるのが七十歳の時で、藝術院会員にもなり、その五年後には『感触的昭和文壇史』で菊池寛賞をもらい、日本文藝家協会理事長も務め、功なり名遂げたが、五十五歳くらいで死んでいたら悲惨な人生になるところだった。

『散るを別れと』は、文学史家的な探索を小説にした三篇が入っていて、井上唖々、小泉節子、斎藤緑雨を扱っており、表題作は緑雨のである。ここでは野口自身と思しい人物が、白山《はくさん》の緑雨の墓へ行くところから始まるのだが、はじめは生沼という男と一緒だったのが、原稿を依頼してきた文藝誌の編集者から、大学の同期で、卒論で緑雨を書いたという本間頼子という二十九歳くらいの女性を紹介される。主人公はその女性に、河盛好蔵《かわもりよしぞう》の『回想の本棚』（一九七六）を示して、そこに「緑雨のアフォリズム」という文章がある、と言う。

そのあと本間頼子は、松本清張に「正太夫の舌」という緑雨を扱った伝記短篇があるということを野口に教え、野口はそれを知らなかったので慌てるが、なぜか頼子が、それの入った『文豪』（一九七五）を貸すというので、野口がはっとする。そして野口と頼子は二度ほど二人で会って、その本の受け渡しをし、最後は二人で、緑雨の郷里である伊勢の神戸《かんべ》へ旅立つことになるのだが、「彼女と自分とのあいだにはほぼ四十歳という年齢差があることは、私にとって一種の救いであると同時に、冷え冷えとした感触をともなう深い悲しみであった」と終わっている。

野口は私小説作家だから、これも事実そのものかと思ったが、徳田秋聲研究家の亀井麻美さんに訊いてみたら、ここで最初に出てくる河盛の『回想の本棚』に、清張の「正太夫の舌」は冒頭から紹介されている、それを本間頼子に最初に話しているのに、野口が「正太夫の舌」を知らないというのはおかしいので、これは本間頼子は作りものだろう、という解明をしてくれた。そうなると、野口の小説作りが失敗していることになる。

だが、作りごとだとしても、九段下にある歴史書を出す出版社の編集者で美人だというこの女性にはモデルがあるのではないか、そう思ったのだが、息子の平井一麥《かずみ》によると、架空の人物だという。しかし、そのそそっかしいところがまたよくてここに選んだ。なおその平井（二〇一二年没）の『六十一歳の大学生、父野口冨士男の遺した一万枚の日記に挑む』（文春新書）は、事実上野口の伝記になっている。

戸川猪佐武「小説吉田学校」１９８０

西郷輝彦の訃報を聞いて、映画「小説吉田学校」の冒頭で田中角栄役で、「ちょっと待った！」とダミ声でやっていたのを思い出した。当時西郷は四十歳くらいか。

映画『小説吉田学校』DVD

戸川猪佐武《いさむ》（一九二三〜八三）は、父が作家で平塚市長も務めた戸川貞雄、弟が芥川賞作家の菊村到《いたる》という文学一家に生まれたが、むしろ政治ジャーナリストっぽいところがあった。「小説吉田学校」は、私が中高生のころから、新聞一面下のサンヤツ広告でよく見かけて、面白そうだなと思っていたら、高三の時に角川文庫に入り、そこから人気が出て、森繁久弥主演で映画になったが、同じころやはり森繁が吉田茂を演じるテレビドラマ「吉田茂」も放映された。この森繁の吉田茂は、わりあい似ていた。少なくとものちに吉田を演った渡辺謙よりははるかに似ていた。

総理にはなれなかった河野一郎、つまり洋平の父がやたらかっこいいのだが、これは当然ながら作者が河野と親しかったからで、冒頭の、若き田中角栄が吉田茂を擁護したという話も、フィクションである。しかし通読すると戦後政治の自民党内の流れはまあ分かるから面白い。戸川の小説が流行していたころ、本人は急死したが、当時大学生だった私らの間では、腹上死だったらしいと噂が流れた。

青山光二「われらが風狂の師」1981

青山光二（一九一三～二〇〇八）は、京都の第三高等学校で織田作之助と親しくし、東大美学美術史を出て作家となり、直木賞候補になること三度、ついにとれなかったが、それは木々高太郎と小島政次郎が悪いらしく、「『直木賞』怨念記」というのを書いている（『新潮45』一九八八年二月、『わが文学放浪』所収）。

二度目の『修羅の人』で候補になった時は、本命と言われ、選評でもほかの委員がかなり褒めているのにとれず、新橋遊吉と千葉治平という、あまり知らない作家がとったので、木々と小島が選考委員を辞めさせられたといういわくつきの回であった。木々は「よたもん、やくざの世界をよたもん、やくざとして書くのでは文学ではない」と書いていて、よほどヤクザが嫌いなのだろう。もっとも私は、「仁義なき戦い」について嬉々として語る人を見ると、ああこの人とは話が合わないなと思うくらいヤクザ映画が嫌いなので、ヤクザ小説かそれまがいのものを嫌う気持ちは申し訳ないがよく分かる。

大正時代の土方の抗争をノンフィクション・ノベルとして描いた『闘いの構図』で平林たい子文学賞を受賞した。一九八八年には、永山則夫が日本文藝家協会に入会を申請してきたのに対し、入会委員会の委員長としてこれに強く反対した。二〇〇三年に、八十八歳で、亡き妻を偲んだ「吾妹子《わぎもこ》哀《かな》し」を発表して最高齢で川端康成文学賞を受賞した。

『われらが風狂の師』は、変人哲学者として知られる土井虎賀寿《とらかず》を描いたもので、これは面白かった。私は土井は大学に定職を得ていなかったのだと思っていたら、相模女子大学教授をしていて、だがそれでは不満で、学習院の非常勤だからというので学習院で室を一つ占拠していたという。現代の、定職につけない博士号取得者からしたら、贅沢な話である。

ところでこの機会に青山のエッセイ集を二点読んでみたのだが、石原慎太郎の父も青山の父も山下汽船に勤めていたので石原を子供のころから知っているそうで、石原を小説家として高く評価していると言う。あと著作権保護期間の延長に賛成で、無期限でもいいとも書いていて、これはまたえらく私とは意見の合わない人だなと苦笑するばかりであった。

西村寿行「老人と狩りをしない猟犬物語」1981

西村寿行（一九三〇〜二〇〇七）は、一九七六年に「君よ憤怒の河を渉れ」、七八年に「犬笛」が映画化され、そのころ作家の長者番付上位にいたが、そのあと八五年ころに西村京太郎、赤川次郎に抜かれ、九〇年代には長者番付十位までから消えて行った。

当時「ハードロマン」などと呼ばれてずいぶんたくさん書いたが、のち勝目梓がこのジャンルを引き継いだということになるのだろうか。私は中学三年生の時に竹下景子のファンになったので、高校一年になった時に封切られた「犬笛」を、封切り当日に観に行った。何だか変てこな映画だったが、「君よ憤怒の河を渉れ」は中華人民共和国で大ヒットして八億人が観たとかいうシロモノだが、これも変な映画で、特に音楽が変だった。

それから数年して『ダイヤモンド・ボックス』という雑誌に西村の記事が出ていて、エロスシーンを描く時は自らも激しく興奮し、ために週に五、六回セックスをする、と書いてあったが、それは

（誰？）

を相手のそれなんだろうか、と思ったりしたが、比較的早く西村が死んだ時、

（やりすぎ）

じゃないか、と思ったものであった。

西村は、元は「動物文学者」で、「犬鷲」で新人賞をとり、『世界新動物記』などを書いて、数年あいてから、エロティックバイオレンスの作品を量産するようになった。八一年に出した『老人と狩りをしない猟犬物語』は、巨大な熊を仕留める地味な銃猟小説だが、十五年くらい前に書いて押し入れへ放り込んでおいたと言い、読み返してみたらその後の自分の作品の原点があれこれあったという。それで犬とか馬とかが西村の作品にはよく出てくるのだな。

ふくださち「百色メガネ」１９８１

これは、文藝賞受賞作だが、かなり異様な小説である。奇書の一種と言っていい。著者は一九二九年生まれで、当時五十二歳くらいだが、今も存命なのかどうかは分からない。その後二編の小説を『文藝』に載せているが、これらは単行本にならなかった。本名を福田幸雄というから、男である。

あらすじを言うと、堂場という男が、叔母夫婦を殺した罪で絞首刑になるところから始まる。語り手兼主人公は、作者と同年配で「左千夫」といい、私小説かと思わせる。左千夫はその後、トルコ嬢らしいがそれとは書いていない、いまだ男に体を許したことがないという女のところへ行く。M子とある。で、男は「紙の輪の儀式」というのをやっている。トイレットペーパーで輪を作って鴨居からかけて首を吊るのだ。たいていは紙がちぎれるが、何重にもすると成功する。これでT子という女が自殺したという。

それから話は戦時中へとび、父親は名誉の戦死をとげ、左千夫には十歳以上下の稲美という妹がいる。戦災孤児になった二人は、母親の骨壺を抱えてさまよう。六歳くらいか、妹は飢えのため骨壺の骨を少し食ったようだ。左千夫は軍人から、ペニスをしゃぶるか尻を使わせるかしろと迫られる。妹は孤児だからか施設へ入れられるがその後は左千夫が育てる。左千夫は鉄工場で働く。稲美は大学を出た堂場と知り合う。堂場は左千夫に「勃起の遅い娘さんだ」と言うが、その意味は最後まで分からない。

堂場は妹から九万円を結婚資金として借りるが別の女とできたか、返済を迫られて叔母に借りて返すと言う。左千夫は後をつけていく。叔母の家から出てきた男を見た。堂場が行った時には叔母は殺されていたという。だが左千夫は法廷で男のことは言わない。

かなり怖い小説である。

コラム 「二人受賞」の明暗

芥川賞や直木賞で、二人受賞ということがある（三人ということはない）。その場合、二人のうち片方が大作家になり、もう一方が埋もれてしまう、ということがよくある。たとえば宮本輝と高城修三《たきしゅうぞう》がそうだ。宮本は選考委員にもなり有名作家になったが、高城は京大卒ながら地味な地方作家である。直木賞の二人受賞では、新橋遊吉と千葉治平のように、二人ともパッとしないという例があるが、宮尾登美子と有明夏夫の場合、宮尾が全集も出て何度も大河ドラマの原作になる大作家になったのに、有明のほうは、受賞作『大浪花諸人往来《だいなにわしょにんおうらい》』が、

ＮＨＫで桂枝雀主演で「なにわの源蔵事件帳」としてドラマ化されたが、それ以外の作品がパッとしないまま、六十代で死んでしまった。私はふと、有明の知られていない作品、『東海道星取表』などを読んでみたら、面白いので驚いたことがある。もしかしたら途中で病気に倒れたりしたのかもしれない。

森田誠吾と林真理子も同時受賞で、林は今や選考委員で文壇の大御所、日本文藝家協会理事長で、森田はさしたることなく死んでしまったが、まあこれは森田がもともと地味な作風で、六十歳でむしろ奇跡的に受賞した感じがするので、特に片方が不遇という感じはしない。

立松和平「蜜月」１９８２

立松（一九四七〜二〇一〇）は、早大政経学部にいて小説を書いては『早稲田文学』に持ち込んでいたが、同時期中央大にいてやはり持ち込んでいたのが北方謙三だったが、北方のは売れなかった、と言っていた。一九七〇年に「途方に暮れて」で早稲田文学新人賞をとり、翌年には小山内薫の孫娘と結婚するが、それから苦労し、七八、七九年には三回芥川賞候補になったがとれず、しかし『遠雷』が評価されて野間文芸新人賞をとり、根岸吉太郎によって映画化されてヒットして、立松は一躍有名作家になる。もっとも、最後まで一番有名な作品が『遠雷』だったのは、作家によくあることだ。

ここでは、結婚までを描いた私小説長篇で、やはり映画化された『蜜月』をあげておきたい。

映画『蜜月』DVD

私は大学生のころテレビ放送された時に観たが、美しい中村久美が彼女役で、『早稲田文学』の編集部に勤めていて、佐藤浩市が演じる主人公の作家志望の青年と知り合って恋に落ちていく。老作家が青年に「君の、なかなかいいよ」と声をかけるのは有馬頼義《よりちか》であろうか。中村久美の母役が河内桃子だが、小山内薫の家系だとは原作にも書かれていない。割と作家志望の青年に冷たいが、小山内薫の息子の家なら、それほど作家志望の青年に冷たくはなかったんじゃないか。二人で親に内緒でバスに乗って旅行に行き宿でセックスするあたりに興奮した。

ところが、最近、また観てみたいと思ってＤＶＤで観たら、最後の場面にショックを受けた。娘の親に内緒で同棲を始めたのだが、最初の晩の夕飯の用意をしながら、中村久美が、心配しているだろう母親のことを思って激しく動揺し、外の公衆電話まで行って家に電話をかけ、母親は佐藤浩市に、結婚を許すと伝えるのだが、すると中村久美が突然元気になって、「結婚できて、良かったわねー！」と叫ぶのだが、それへの佐藤浩市の表情は、「ああ、これも平凡な女の一人に過ぎなかったか」という幻滅である。原作ではそこまで強くは感じられないが、それがこの作品のオチだろう。四十年前の私には見えなかったものだなあ、と思った。監督は橋浦方人《ほうじん》だが、この人はその後消息不明になった。

コラム　向田邦子、田中小実昌、林真理子……

「九九年体制」以前には、田中小実昌「浪曲師朝日丸の話」「ミミのこと」、とか、向田邦子「花の名前」「犬小屋」「かわうそ」とか、林真理子「最終便に間に合えば」「京都まで」とか、山口洋子「演歌の虫」「老梅」とか、複数の短篇での直木賞受賞というのがあった。もちろん、候補にもこれでなるわけである。今はこういうことはなくなった。

田中小実昌の場合は、たまたま短篇集『香具師《やし》の旅』が出た中にこの二篇が入っていたということで、これらの初出年は数年前なのだから驚く。向田などは、これらを含む短篇は『思い出トランプ』に入っている。だが、向田は将来を期待されながら、八一年夏、台湾での飛行機事故で死んでしまった。

この体制は、何だか、自分でも直木賞をとれそうな気がする、という効果がある。林真理子はしかし、いつまでも、あんな短篇二つでとった、と言われる、と文句を言っていて、そのあとの『白蓮れんれん』でとれば良かったのに、と言う人もいた。

ほどなく、テレビのシナリオを対象とした向田邦子賞が創設され、第一回は市川森一の『淋しいのはお前だけじゃない』が受賞した。日本のテレビドラマでベストとも言うべきこの作が受賞したのは喜ばしいが、それ以後の向田邦子の人気のすさまじさには驚いた。作品集、全集から対談集といったものは当然ながら、妹による回想やら雑誌の特集ムックが、今まで五十数冊は出ている。若くして死んだといえば有吉佐和子だってそうなんだが、こんなことにはなっていない。もっとも、向田の仕事のうち、小説は私はそれほどとは思わない。ドラマでも、いいのは「あ・うん」で、「阿修羅のごとく」などはちょっと色恋に走りすぎじゃないかと思う。

富岡多恵子「波うつ土地」1983

富岡多恵子（一九三五〜）という詩人・小説家がいるのは高校時代に知っていたが、代表作『波うつ土地』の存在はちょっとあとになるまで知らずにいた。しかし読んでみたら、面白かった。なるほど、これがフェミニズム小説というものかと思った。女の目から見た男のこっけいさが見事に描かれていて感心した。今のところ、これ以上のフェミニズム小説というのは読んだことがないくらいだ。

『中勘助の恋』という評論も、変な構成だが面白かった。上野千鶴子、小倉千加子とやった『男流文学論』もあったし、これはなぜか漱石や志賀直哉を取り上げていない変なものであった。もっとも、近松門左衛門が偉いと思っているらしいのは気になった。

しかし、そのうち富岡多恵子は、何だかだんだん偉い人になってしまって、とうとう藝術院会員にまでなってしまった。え？　いいの？　という感じだが、釈迢空とか西鶴とか言って、私の見る限りでは保守派の文藝評論家・安藤礼二と一緒に折口信夫の本を編纂したりして、何やら保守的な大阪人になってしまい、次第に作品を発表しなくなってしまいもした。いったい、あれは何だったんだろう……。そういえば九八年ころ、私が富岡について疑念を口にした時、フェミニストの詩人が「富岡多恵子は誰も批判できない人になってしまいましたからね」と言っていたっけ。

コラム つかこうへいと唐十郎

つかこうへい（一九四八～二〇一〇）は、私が中学生の頃から人気があったらしいが、私はその演劇を観に行くほどませてはいなかった。新聞の広告に、『弁護士バイロン』とか『あえてブス殺しの汚名をきて』といった著作が、つかこうへいという全部ひらがなの名前で載っていて、いかにも面白そうだったが、何だか怪しい感じがしたのか、手にすることはなかった。

高校二年の時、ＮＨＫの朝の連続テレビ小説が、長谷川町子の『サザエさんうちあけ話』を原作とした「マー姉ちゃん」で、学校へ行っていたから全部は観られなかったが、夏休みなどよく観ていた。その主演をしていた熊谷真実が、つかこうへい事務所の所属だと知ったが、それからほどなく、つかと結婚したから驚いた。同じころ、新潮文庫から『戦争で死ねなかったお父さんのために』というつかの戯曲集が出て、私がいつも聴いていたＮＨＫの「みんなのうた」では、つかが作詞・作曲した「かんかんからす」が流れた。

今では信じられないだろうが、私が高校二年のころ、「ブス批判」というのが盛んに行われていた。つかやビートたけしがやっていたのだが、それはそれ自体がギャグのようでもあったが、何か異様なものであった。つかと熊谷は一年ほどで別れてしまった。大学生になった私は、歌舞伎や唐十郎や野田秀樹の芝居は観に行ったが、つかの芝居は少し時代遅れになっていたか、行かなかった。つかはむしろ小説を書き始めていて、私が大学へ入る少し前、『蒲田行進曲』で直木賞を受賞した。これは風間杜夫、平田満というつか演劇の顔ぶれに松坂慶子が加わって映画化され、私はそれがテレビで放送された時に初めて「つか」に触れた。

何たるホモセクシャルよりのホモソーシャル劇で、女性蔑視的であるかと私は嫌悪を覚えた。九〇年代になってから、私は「売春捜査官」とか「モンテカルロ・イリュージョン」とかの副題がついた「熱海殺人事件」を観に行ったが、この時は平栗あつみが良かった。つかは、俵万智が久しぶりに書いた戯曲「ずばぬけてさびしいひまわりのように」の上演にも手を貸したが、俵の『ひまわりの日々』によると、生意気なことを言った俵の頭を「はたいた」らしい。

しかし、世間の人は本当につかこうへいや「蒲田行進曲」が好きだった。幸い、私の周囲につかファンはいなかったが、「階段落ち」とか「銀ちゃん」とかは、やたらと「ネタ」として使われ、そのたびに私は嫌悪を感じた。

それに対して、唐十郎（一九四〇〜）の芝居も、そのころ書き始めたテレビドラマも、唐の風貌や芝居も、みな私は好きだった。その唐は、同じころ小説で芥川賞をとった。パリで女性を殺して食べたとされた佐川一政をモティーフにした『佐川君からの手紙』だが、読んで私は失望するほかなかった。これは何か大人の事情で受賞したのだろう。もっとも、一時は作家としてやっていこうとしたつかも唐も、その後また演劇に戻っていった。

それからは、演劇人で芥川賞をとったのは柳美里と本谷有希子くらいしかおらず、松尾スズキや戌井昭人は候補にはなるが受賞はできていない。岡田利規は小説化した『三月の5日間』で大江健三郎賞をとった。

赤川次郎「ヴァージン・ロード」1983

今では個人情報だというので発表されなくなったが、昔は「長者番付」というのがあり、作家で納税額の多い人が十位まで新聞に載っていた。赤川次郎（一九四八〜）と西村京太郎が常連になったのは一九八五年ころからだ。直木賞では、これくらい売れる作家になると対象からは外される。作家としてやっているがそれほど売れてはいない、というのが直木賞の対象なのである。

のち、赤川の著作一覧を見て私はちょっとびっくりし、

（こういう生活は自分にはできないな）

と思った。作品数が多いということより、「三毛猫ホームズ」とか「三姉妹探偵団」とか「杉原爽香」とかのシリーズがいくつかあり、それらをコンスタントに出していくというスタイルだったからで、私も北村薫の「円紫さん」シリーズくらいの数ならいいが、赤川のようにそれを十年、二十年と続けたら、飽きてしまう。マンガ家でも、『ゴルゴ13』とか『浮遊雲《はぐれぐも》』とか『じゃりン子チエ』とか、四十年から六十年くらい連載が続くものがあるが、あれはたとえ才能があっ

ても私には無理だと思う。

直木賞の選考委員は、東野圭吾（すでに退任）や宮部みゆきもいるが、基本的に、あまり推理小説を重んじていない。宮部などは、推理小説的なものによって人間を描いていると考えられているし、かつて選考委員だった松本清張も、そのような考えで推理小説を書いており、むしろ文豪・画家の伝記もののほうを自分では好んでおり、推理小説は金儲けの手段と考えていたのではないかという気すらする。つまり「犯人は誰か」的なパズラーものは「文学」とは思われていないのである。

私もやはりそういう考え方を持っており、ここでは赤川の非ミステリーの秀作『ヴァージン・ロード』を、直木賞向きの作品として推しておく。しかしこれも、かなり古風な、今でいえば「昭和」の恋愛小説である。

大原まり子「銀河ネットワークで歌を歌ったクジラ」１９８４

大原まり子（一九五九〜）の『銀河ネットワークで歌を歌ったクジラ』は、ハヤカワ文庫オリジナルとして刊行されたものだが、大学生だった私は、裏表紙の、かわいい写真と、著者の「聖心女子大卒」という履歴に幻惑されて買ってきたもので、中学時代の同級生だったＩも同じ経緯でこの作家に関心を持ったようだったが、これは短篇集で、最後に置かれた「薄幸の町で」が特に良かった。

疫病のために人類が亡びようとしている世界で、内山敦彦という作家の若者が、それまで好きだった女性「S」の家を訪ねて、彼女の死を知るとともに、今まで彼女の話に出てきて、それが彼女の「取り巻き」だと思って嫉妬していたのが、実は単にその家族だったと知るというストーリーで、既視感も感じられたが、あとから考えたらこれは「めそめそSF」だが、当時はくらくらした。もっとも今確認したら「デヴュウ」などという誤記があった。

夫は岬兄悟だったが、十年くらいたって、SF大賞をとった『戦争を演じた神々たち』を読んだら、ニューウェーブだかの意味不明な、頭が狂ったんじゃないかというような作品集になっていた。二〇〇一年を最後に二十年も新刊は出ていない。

堺屋太一「豊臣秀長」1985

NHKのいわゆる「大河ドラマ」は、私も大好きでのめり込んだものもあるが、当初は名だたる作家たちの原作を使っていた。舟橋聖一、大佛次郎、吉川英治、村上元三、海音寺潮五郎、司馬遼太郎、子母澤寛、山本周五郎（直木賞辞退）、南條範夫、永井路子といった、直木賞選考委員を務めるクラスの作家である。

だが一九八〇年に、山田太一のオリジナル脚本で「獅子の時代」を放送してから、NHKは原作者に縛られないやり方に味をしめたのか、翌年は橋田壽賀子のオリジナル脚本で「おんな太閤記」を放送した。秀吉の正室・北政所ねねを佐久間良子が演じる、ちょっと帝劇でやる女性向け演劇みたいなものだ。ところがここで、直木賞作家・杉本苑子が連載していた「ねね」もの（『影の系譜』）を無視したのみか、そこから杉本が名づけた架空の人物の名を、おそらく架空だと気づかずに流用してしまった。杉本が抗議したため、人物の名前は変えられたが、大作家・杉本を宥《なだ》めるため、NHKは数年後に杉本の『マダム貞奴』をもとに、川上音二郎と、妻の貞奴、その愛人で福沢諭吉の養子の桃介《とうすけ》、その妻つまり諭吉の娘を軸とした『冥府回廊《めいふかいろう》』を杉本に書いてもらい、近代ものとしての大河ドラマ「春の波涛」（一九八五）を放送した。ところがこれに対して、無名の歴史家である山口玲子が、自分の『女優貞奴』の盗作だとして訴えたのである。実はNHKは当初山口に、参考文献としてあげることを提案していたのだが、山口が不承知でこじれたのである。

結局はNHKが辛勝したのだが、NHKは「原作者つき」に懲りたのか、翌年は堺屋太一（一九三五―二〇一九）に忠臣蔵ものの「峠の群像」の原作を書き下ろしてもらってこれを緒方拳主演で放送し、好評を得た。堺屋は池口小太郎が本名で、東大卒の通産官僚として大阪万博などに関わったが、一九七五年、『油断！』で小説家としてデビューした。おおむね経済評論家と見られており、その後も歴史小説や経済小説を書き、一九八五年には秀吉の弟の大和大納言秀長を主人公とした『豊臣秀長』を発表し、のち秀吉も描いて、それを原作とした大河ドラマ「秀吉～夢を超えた男」（九六）も放送された。

堺屋は「朝日新聞」に未来小説「平成三十年」を連載したり、ずいぶん小説も書いたが、広い意味での「文壇」は堺屋に冷淡で、直木賞候補になったことすら一度もない。所詮は元官僚の経済評論家の手すさびと思われたのだろうが、小説のうまい下手でいえば、『徳川家康』をベストセラーにした山岡荘八や、数々の文学賞をもらい藝術院会員にもなった辻井喬（堤清二）のほうがよほど下手である。

大河ドラマのほうは、その後も、舟橋、永井路子、山崎豊子、新田次郎、高橋克彦、宮尾登美子、林真理子など直木賞作家の原作を使うことが多かったが、「徳川家康」の山岡荘八は二度原作に使われているが直木賞はとっておらず、「天地人」の原作者・火坂雅志も、直木賞をとれず、そのまま若くして死んでしまった。

『豊臣秀長』は、それまであまり知られていなかった秀吉の実弟を主人公にしたもので、特段優れた小説ではないが、これ以後、秀長を無視して秀吉を描くことができなくなったのは事実である。もっともそれも、杉本苑子が『影の系譜』に描き、「おんな太閤記」の時に中村雅俊が演じたために知られるようになった節もある（一九六五年の大河ドラマ「太閤記」は、今全部観ることはできないが、秀長役は富田浩太郎という無名俳優が演じている）。

村上春樹「世界の終りとハードボイルド・ワンダーランド」1985

私はかつて村上春樹（一九四九〜）に批判的だった。いや、今だって基本的には変わってはいない。恥ずかしくない酒の頼み方、なんてことを考えることは恥ずかしいことだと思っているし、『騎士団長殺し』なんてあまりにフォン＝フランツのアプレイウス『黄金のろば』の解釈そのものだし（『男性の誕生』）、あまり文学に詳しくない読者が村上春樹にのめり込むのは良くないことだと思っている。

初期の作品でも、『風の歌を聴け』はたぶん私小説をばらばらにして並べ直したものだろうし面白かったが、『羊をめぐる冒険』は人が言うほど面白くなかった。どうやら、あれは十年くらい前の自分と再会して、年月がたったことに泣く、という話らしいのだが、不思議なもので、人は十年くらい前のことをノスタルジーの対象にしたりするけれど、五十年たってしまったら一体それはどうなるのか、今の村上春樹に訊いてみたいくらいである。

『ノルウェイの森』の、精神を病んだ女への執着は私には受け入れられない。古井由吉の「杳子」も、私は評価しないのである。女が精神を病んでいるところにつけ込んでいるような、男に都合のいい話だと考えるのである。

『世界の終りとハードボイルド・ワンダーランド』は、カナダにいた時に読んだが、上巻の終りで感動のあまりぼろぼろ涙を流したのである。それは、こんな人生だけれど終わりたくない、と主人公が思うところだ。だが最後にはあっさり人生を自ら終わらせるので、拍子抜けするので、当時は、あれはどういうことなんだろうと考えたりした。アジア学科で日本文学を研究していたロバート・カーンという男とその話をしたりした。あとで、これはすごく書くのが難しい小説だったと言っているのを知り、ああやっぱり難しかったんだ、と思った。これはやはり生半可な力量で書ける小説ではない。谷崎賞受賞作で、谷崎賞も最近は怪しいのが増えてきた（というか、怪しいのばっかりだが）、これほど巧みな小説が受賞したこともあったんだ、と思うくらいだ。

最初のほうに出てくる、やたらとフェラチオと「ごっくん」をしたがる女については、春樹が好きなんだろうなと思いつつ、やっぱりこれは女性蔑視的に見えるだろう、という気はする。とはいえ私もフェラチオされるのは好きなので、「羨ましい……」という気分からの同族嫌悪もあったかもしれない。

コラム 「私小説」は直木賞に有利か

一九八三年上期の直木賞は、胡桃沢耕史《くるみさわこうじ》(一九二五〜九四)の『黒パン俘虜記』が受賞した。胡桃沢が戦争にいって捕虜になった体験を描いた私小説だが、胡桃沢はそれまで、清水正二郎の本名でけっこうポルノ小説やそれに近いものを多量に書いていて、この年五十八歳、そろそろ名誉も欲しくなったか、胡桃沢の筆名で直木賞の候補になること三回、でこれが四度目だったのだが、胡桃沢が「私小説ならとれると思った」と発言したことから、ちょっとした騒ぎになった。

当時私は大学二年生だったが、そのころすでに「私小説はダメだ」というのが定説になっていて、私も小説を書きたいと思ってはいたが、その年齢ではSFか私小説しか書けないのが普通で、しかし私にはそもそも小説になるほどの経験がなかったし、むろん童貞だった。しかも「芥川賞」ではなく「直木賞」で、私小説が有利だとはとても思えなかった。

実のところ、今でも文藝評論家などの間で、私小説がいいと思われていたのは昔、具体的には一九七〇年代以前だといった説と、今でも私小説は有利だという説とがある。もっともこれは話が逆かもしれず、私小説のいいものが実際に提示されたら、それはやはり生半可な作り物よりリアリティと作家自身の書きたい切実さがあるから評価される、ということで、前もって私小説がいいかどうかを考えているのではないと思う。

　もっとも最近の直木賞でも、姫野カオルコの私小説らしい『昭和の犬』が受賞していて、これはあまり面白くなく、むしろその後姫野が出した『謎の毒親』のほうがずっと面白かったのだが、とにかく選考委員の一部には、私小説でも迫力が勝ればいいという考えはあるだろう。なかにし礼の『兄弟』なども、受賞は逸したが次の回で受賞するのに影響するほどの力を持った私小説だったと思う。

金井美恵子「文章教室」１９８５

世間で金井美恵子（一九四七〜）を褒める人といえば、しばしばそのヌーヴォー・ロマン風のものをよがるわけだが、私はあっちはダメで、『タマや』（一九八七、女流文学賞）みたいな風俗小説が好きである。しかし直木賞的にいえば、全編イヤミ満載の『文章教室』がふさわしい。当時若かった四方田犬彦がモデルだと言われる東大の助手の青年とその恋人とその母親・佐藤絵真が織りなすいかにも「ニューアカ」な時代の風俗ロマンである。

　そのころ、東大の同じクラスに「俺は浅田彰みたいになるんだー」と雄叫びをあげている変なやつがいて、結局学者にすらなれなかった（卒業したかどうかも不明）が、私もそういう気分はあった（山崎正和みたいになりたかった）から、『文章教室』の、そういう「知識人ワナビ」へのイヤミはものすごくグサグサ刺さったもので、あとから「ああ怖かった」と思うほどだが、当時もその後も、私以外にあまりそういう方面からの論評を見ないで、福武文庫に入った時の「佐藤絵真は私だ」というフロベールの言葉のもじりばかり目立ったのは何だったのだろうか。

実は私は金井美恵子先生の古くからの読者で、高校二年の時に、現代の新しい作家を読みたいと思って、当時新潮文庫にあった『愛の生活』『夢の時間』、中公文庫にあった『岸辺のない海』、講談社文庫にあったエッセイ集『夜になっても遊びつづけろ』などを読んでいたものだが、いろいろ不思議なことが書いてあるエッセイ集が一番面白かった。

その後、一九九四年に阪大の同僚と新幹線で西へ帰る時金井先生と乗り合わせたらしく、その時の中沢新一についての「勝者だよね」という会話をキャッチされたりしたが、またその後は『一冊の本』連載の「目白雑録」のイヤミを毎月楽しく読ませていただいていたら、私が悲惨な失恋をした女性が『岸辺のない海』の新版解説を書いているのに遭遇したりした。作家仲間の悪口を言うのであまり文学賞がもらえないとか不遇らしいががんばってくださいと思う。しかし『ちくま』に舞台を移して再開したイヤミエッセイは、さすがに新聞記事の切り抜きをネタにしているので、ネット時代から遅れつつある懸念もあるのであった。

岩橋邦枝「伴侶」1985

岩橋邦枝（一九三四〜二〇一四）は、一九五五年に「太陽の季節」が話題になった翌年、『逆光線』という小説を出して、「女慎太郎」としてマスコミに騒がれたことがあるが、実際読んでみるとさほど無軌道な生活が描かれているわけではなく、せいぜいマフラーをなびかせてオートバイを走らせる程度だった。それから中間小説を書いていたが、純文学に転じて芥川賞候補となった。

その後、夫の死を描いた『伴侶』で芸術選奨新人賞をとった時は五十歳を超えていた。だがそれからも新田次郎文学賞、紫式部文学賞をとっている。『伴侶』に描かれた夫は編集者らしく、ガンだとされつつもそれは治って出勤するが、相変わらず多忙な上に酒も控えない。ガンから五年たって突然の脳内出血で世を去る、そんな私小説である。

山村美紗「小説長谷川一夫 男の花道」1985

山村美紗（一九三一〜九六）といえば「ミステリーの女王」と言われ、住所である京都を舞台にしての華やかな推理小説を書く人であったらしい。それらは昔、テレビ朝日で「土曜ワイド劇場」をやり、それから日本テレビの「火曜サスペンス劇場」もできて、年間百本作られていたこともあった「二時間ドラマ」の恰好の原作だったらしいが、私は二時間ドラマはほとんど観ていない。西村京太郎と関係が深く、一軒の家を二つに分けて西村と住んでいたが、夫婦関係ではなかったらしい。

弟が国際政治学者の木村汎《ひろし》で、母の従兄が俳優の長谷川一夫だったため、長谷川の伝記小説を書いており、直木賞を授与するならこれだろう。もっとも、特に名著というほどではなかった。

コラム 恐怖の皆川博子

皆川博子（一九三〇〜）が「恋紅《こいべに》」で直木賞を受賞したのは、一九八六年、五十六歳の年である。皆川は作家としての出発が遅かったから、この年での受賞は驚くには当たらない。概して、歌舞伎や泉鏡花など、日本的耽美に推理小説をからめたようなものを書いていて、当時は、このまま、そういうやや地味な作家として終わるんだろうと思われた。

ところが九八年になって、ナチス・ドイツを舞台とした怪奇耽美小説『死の泉』を早川書房から出したら、評判がよく、吉川英治文学賞を受賞した。私は六年くらいたって、飯田橋にあった「深夜プラス1」という書店で、ここは買い切り制度ででもあったのか、返品されていないのを買って読んだが、こういう耽美主義は私には合わなかった。おおむね現代日本の耽美小説というのは、たいてい女性向けの少年美や少年愛が描かれるが、私はそういうものに興味がない。美少女なら興味はあるが、少年には興味がないのである。

皆川は、その後は日本から西洋に移って、高齢になっても書き続けていたらしく、二〇一五年には八十五歳で、文化功労者になったから驚いたし、二〇二〇年にはアメリカ独立戦争を背景にした新作で毎日芸術賞をとったが、もう九十歳である。筒井康隆は八十六歳でもう新作は書けなくなっているらしいのに、女性作家は恐ろしいと思ったことであった。

小杉健治「絆」1987

小杉健治（一九四七〜）といえば、吉川英治新人賞をとった『土俵を走る殺意』が有名だろう。これは柏鵬時代の架空の力士に、郷里での男女の友人をこしらえて、人情噺めいた展開の中であまり上手ではない殺人事件が起こる。別に題名から想像されるように、土俵の上で力士が殺されるわけではない（それはそれで面白そうだが）。

だがむしろ、思わず泣いてしまったのが『絆』のほうで、これは直木賞候補になっているのだが受賞できず、しかし推理作家協会賞は受賞している。それにふさわしい出来だと思う。地味にがんばっている作家という感じがして、あげておきたかった。もっとも、話題にはならないがこの作家はかなり著書が多く、文庫オリジナルなど含めて四百点くらいあるらしいので、心配することはないようである。

山田太一「異人たちとの夏」1987

私は『異人たちとの夏』がものすごく好きであるらしいが、それはもっぱら映画の方が好きなので、特にそのラストの、プッチーニの「ジャンニ・スキッキ」から「私のお父さん」が流れる中、名取裕子が中空へ浮かび上がるクライマックスが好きなのである。というのは、名取がワインを持ってシナリオ作家の部屋を訪ねる時の、そこまで人間は孤独に追い詰められるのかという思いがすごかったからである。

最初にこの映画を観たり原作を読んだりした時は、私の両親は生きていた。先日映画を観ながら、ああ自分ももう両親がいないんだな、と思った。

映画『異人たちとの夏』DVD

山田太一（一九三四〜）の小説といえば、「東京新聞」に連載して山田の名を高めた「岸辺のアルバム」をあげる人が多いだろうが、私はそもそもそんなに恋愛沙汰の起こらない若いころを送ったから、とりたくない。

山田の作品は、テレビドラマを含めて、みな大衆文学である。テレビドラマは一般的にそうであって、純文学的テレビドラマなどというのは、かつて佐々木昭一郎が作ったものくらいしかないだろう。

コラム　いきなり芥川・直木賞

藤原伊織（一九四八〜二〇〇七）は、変わった経歴を持っている。「ダックスフントのワープ」ですばる文学賞をとったが、これは友人の平石貴樹（のち東大英文科教授のアメリカ文学者）が「虹のカマクーラ」ですばる文学賞をとったので、平石がとれるなら、というので自分も応募したらとれたという。だがその後怠けていたら、原稿依頼が来なくなり、今度は江戸川乱歩賞に応募したら受賞した、それが『テロリストのパラソル』である。それが直木賞候補になり、なんと受賞してしまったのである。乱歩賞はもちろん推理小説の賞であり登竜門だが、そこから直木賞へそのまま行ったのは藤原だけである。

ところが、この作品は、分かる人には分かるが分からない人には分からない、と言われた。つまり学生運動へのノスタルジーを持っている人にしか分からない小説だということで、私には分からなかった。私は学生運動にせよあさま山荘事件にせよオウム真理教事件にせよ、人間が集団の狂気に陥るということに対して、まったく理解ができないので、関心も持てないのである。集団が嫌いなのである。

さてこのように、応募型新人賞からまっすぐ直木賞をとったといえば、三好京三が「子育てごっこ」で文學界新人賞から直木賞になったのと、芦原すなおが「青春デンデケデケデケ」で文藝賞から直木賞をとったのと、石原慎太郎が「太陽の季節」で文學界新人賞から芥川賞になったのと、瀧澤美恵子が「ネコババのいる町で」で文學界新人賞から芥川賞、モブ・ノリオが「介護入門」で文學界新人賞から芥川賞、金原ひとみが「蛇にピアス」ですばる文学賞から芥川賞、沼田真佑が「影裏」で文學界新人賞から芥川賞、石井遊佳が「百年泥」で新潮新人賞から芥川賞、若竹千佐子が「おらおらでひとりいぐも」で文藝賞から芥川賞、石沢麻依が「貝に続く場所にて」で群像新人賞から芥川賞という具合で、芥川賞のほうが多いのは当然として、最近やたら増えているのは、実力もさることながら、数年書いている新人が息切れしていることが多いからだ。

山田智彦「蒙古襲来」1988

山田智彦（一九三六〜二〇〇一）は、はじめ純文学作家として芥川賞候補に五回になったが取れず、『水中庭園』で毎日出版文化賞を受賞したが、その後は企業小説を多く書いた。『蒙古襲来』は「毎日新聞」に連載した全五巻の歴史小説である。元寇・蒙古襲来を描いた小説はいくつかあるが、代表的なのが井上靖の『風濤《ふうとう》』（一九六三）だろうが、これは短い。中篇程度である。だが、元寇というのは、戦闘そのものが短期間に終わっているので、史料だけ使って書くと短くしかならないのだ。長くしようとすれば、モンゴル側の事情や鎌倉幕府の事情、さらに日蓮の事績などを入れてふくらます。一年間やるNHK大河ドラマ「北条時宗」は、時宗の父時頼の代から、鎌倉幕府の内紛を描き、時頼が毒殺されたことにしたが、それでも海賊などのフィクションを入れていた。

海音寺潮五郎の『蒙古来る』（のち『蒙古来たる』）は、むしろ全編がフィクションである。伴野朗《ろう》の『元寇』(一九九三)は、全二巻と適切な分量で、伴野が得意とするモンゴル側の事情を多く描いている。山田智彦のものは、長いだけに、これらを全部入れた上にフィクションが入っている。しかし、山田というと歴史小説好きの私に思いつくのはまずこれである。

笹山久三「四万十川　あつよしの夏」1988

一九五〇年生まれの作者が、文藝賞をとり、坪田譲治文学賞もとった名作である。高知県の西のほうに住む貧しい家の次男・山本篤義という小学生を中心に描かれており、自伝的な作品であろう。第六部まで続きが書かれている。

前半は飼っている猫が数匹の子供を産んだ時に間引きをする、それに篤義が抵抗する話や、ウナギ獲りの話の細かな描写など、名作の名に恥じないが、後半の学校での話は良くない。父親が、いじめがあるのは学校が生徒を評価するからだ、と昔のバカ左翼みたいなことを言う。じゃあ徳川時代や平安時代や大人の世界にいじめはないのか。高知県では小学生が女子を「千代子」とか名前で呼ぶのか。泥棒の疑いをかけられるいじめられっ子という展開がまた通俗的だし、篤義が「自分がとった」とうそをつくのも良くない。担任の先生が若い女の先生というあたりも通俗的だし、後半で台無しになった気がするが、続編もあるし、前半だけで十分いいと思うのであげておきたい。なお完結編の第六部では、篤義は作家としてデビューはしたが、郵便局の仕事を続けており、四十八歳になっている。

村田基「フェミニズムの帝国」1988

一時期、文藝メディア界隈で「ディストピア小説」を論じるのがはやったことがあった。その時、文筆家の吉川浩満がちゃんと説明していたのだが、ディストピア小説というのは、もともとは社会をよくしようとした結果、悪夢のような社会になってしまうという現象を描いたもので、当時世間で「ディストピア小説」と言われていたうちこれに該当するのは、ハクスレーの『すばらしい新世界』くらいで、オーウェルの『一九八四年』なんかは、最初から独裁国家の悪夢を描いているんだから違うのである（ところで私はかねがね疑問なのだが、オーウェルの『動物農場』や『一九八四年』や、ザミャーチンの『われら』は、ソ連を風刺・批判する小説である。ところが世間には、朝鮮戦争やベトナム戦争でアメリカを批判する人がいて、これらは東西のイデオロギー対立から生まれた戦争なのだから、アメリカを批判する人は共産主義者であるはずで、彼らはオーウェルやザミャーチンに批判的でなければおかしいのではないか?）。

そういう意味で、いま「ディストピア小説」として読むべきなのは『フェミニズムの帝国』である。今流行している思想が支配的になったら恐ろしいということを考えない人が「ディストピア小説」がどうこう、などと言うこと自体がディストピックではないか。村田基《もとい》（一九五〇〜）は男のSF作家だが、最近では書いていないようだ。

コラム 「大手出版社」とは

直木賞候補になるためには、現在では、単行本を出さなければならない。しかも「大手出版社」からで、文庫オリジナルや、ノベルスはダメである。まず、「大手出版社」とは、

・新潮社、文藝春秋、講談社、集英社、角川書店、光文社、幻冬舎

あたりで、新潮社、文藝春秋、講談社、集英社は「純文学雑誌」を、またこれらすべてが「中間小説誌」を持っている。つまり『小説新潮』『オール讀物』『小説現代』『小説すばる』『小説野性時代』『小説宝石』『小説幻冬』で、候補作は、これらの雑誌に連載された長篇、または掲載された短篇集が最も望ましい。

それに次ぐ出版社は、

・朝日新聞出版、毎日新聞出版、日本経済新聞出版、小学館、早川書房、東京創元社、徳間書店、双葉社、角川春樹事務所、中央公論新社、祥伝社、岩波書店

である。朝日や毎日では、もちろん新聞に連載されたものがいいし、朝日は『小説トリッパー』でもいい。中央公論新社の場合も、「読売新聞」『中央公論』や『婦人公論』に連載されたものが有利だが、これらはあまり新人作家には連載させない。

さらにその下で、候補になった実績があるのは、

・淡交社、ポプラ社、実業之日本社、筑摩書房、ＰＨＰ研究所、マガジンハウス

といったあたりで、『文藝』という純文学雑誌を出している河出書房新社は、一九九一年に芦原すなおの文藝賞受賞作『青春デンデケデケデケ』が受賞してからこのかた三十年、候

補作を出していない。ましてや太田出版なんか論外で、以前山田邦子が太田出版から小説を出して、「直木賞か?」と騒がれたが、川口則弘さんは、太田出版から小説を出して直木賞候補にもなるわけがない、と実ににべもなく、恐ろしかった。とはいえ、布施明なんか、角川書店や文藝春秋から小説を出しているのだが、別に直木賞候補にもならなかったので……。

津島佑子「真昼へ」1988

津島佑子(一九四七~二〇一六)が芥川賞をとれずに、死んだあとでその娘の石原燃《ねん》が小説を発表して芥川賞候補になったが、落選して、太宰治は親子三代で芥川賞がとれないのか、などと言われている。

津島佑子(朝日新聞社提供)

しかし津島は、息子を風呂場で亡くしてから は、くりかえしそのことばかり書いていて、痛ましかった。大江健三郎はそんな津島を救済しようと思って『人生の親戚』を書いたのだろう。ここでは、それが最初に書かれたものである『真昼へ』をあげておく。

しかし津島佑子も、芥川賞こそとれなかったが、ずいぶんたくさん文学賞をとった人で、田村俊子賞を皮切りに、泉鏡花文学賞、女流文学賞、野間文芸新人賞、川端康成文学賞、読売文学賞、平林たい子文学賞、大佛次郎賞、谷崎賞、野間文芸賞、芸術選奨、伊藤整文学賞、紫式部文学賞、毎日芸術賞ととっている。松浦寿輝はもっと多いが、これは小説のほか詩と評論があるから、小説だけでこんなに賞をもらったのは津島がピカ一で、あまり一人の人にたくさん賞を与えるべきではないと思う。その割に、のちのちまで読まれそうな作品はない気がする。あと『大いなる夢よ、光よ』とか『風よ、空駆ける風よ』とか『火の山――山猿記』とか、題名が妙に下手な感じがしたのはどういうわけだろうか。「大いなる夢よ」って「快傑ライオン丸」の変身の時のかけ声「風よ、光よ」みたいである。一時、国文学者で詩人の藤井貞和と事実婚関係にあったらしい。

コラム

遠い海から来た叙情と描写

気に入らない直木賞受賞作はあるか、と訊かれたら、好きな受賞作よりずっと多くあるが、中で、ああ直木賞とるために書いたんだなーあざといなーと思わせる、のでイヤダ、と言うなら、景山民夫の『遠い海から来たCOO』である。景山は放送作家だから、放送業界を舞台としたスラップスティックなどを書いていたのだが、ここ一番、というので「COO」を書いたわけで、唯一のSFなどと言われるが、筒井康隆的な下品さはまったくなく、大人が思い描く清純な少年の、純粋な海の生物との交友を、美しい叙情と清らかな描写で綴ったものので、ああ狙ってるなあ、というのがよく分かる。私には絶対書けない小説だが、書いたらあとで恥ずかしくって死にたくなるだろう。

野坂昭如は「火垂るの墓」と「アメリカひじき」で直木賞をとったが、「火垂るの墓」は事実を基にしたフィクションで、妹は実際は赤子の時に死んでしまい、これは直木賞をとるために書いた、と告白していた。ああ直木賞、お前はなんて叙情に弱いんだ。

第四章　その後

三浦綾子「われ弱ければ　矢嶋楫子伝」1989

三浦綾子（一九二二〜九九）は、一九六三年、「朝日新聞」が、賞金一千万円という、当時としてはベラボウな金額（今でいえば一億円くらいだろうが）で小説を募集した時に「氷点」で当選して話題になったキリスト教徒の主婦であった。その後も作家として着実な歩みを続け、ファンも多かったが、通俗的な筋立てのため、文壇からは評価されず、もらった賞といえばキリスト教か北海道関係のものが主で、中央の文壇などから受賞したことはない。

私は子供のころ、ドラマ化されたものを断片的に観ていたが、高校生になったころ、これは殺人犯の娘が同じように罪深いという差別を肯定する小説ではないかと気づき、学校へ提出する読書感想文にそう書いたことがあるが、その考えは今でも変わっていない。

だから、東大へ入ったあと、文科三類で同じクラスにいた男が、三浦綾子を読んで涙を流したなどと語るのを聞いて、東大でもこんな男がいるのかあ、と妙に感心してしまった。

もっとも、全体としては、作家としての実力はあった人で、小説の腕前は××××よりはあったし、文章も××××よりはうまかった。

ここでは、明治期に日本基督教婦人矯風会《きょうふうかい》を設立した矢嶋楫子《かじこ》の伝記小説「われ弱ければ」をあげておきたい。

コラム 林真理子と宮尾登美子

一九七〇年代以降、直木賞を代表する作家といえば、宮尾登美子（一九二六～二〇一四）と林真理子（一九五四～）だろう。宮尾のほうは、十一代目市川團十郎の妻を描いた『きのね』など名作が目白押しで、ずいぶん読んだ。『宮尾登美子全集』の第十五巻は、宮尾が『櫂』で太宰治賞をとって文壇へ復帰するまでの日記が入っていて、読むとじんわりする。宮尾は最初前田とみ子の名で『婦人公論』の女流新人賞をとったのだが、その後鳴かず飛ばずになってしまい、郷里の高知へ帰って、「高知新聞」で連載小説を書いていたが、その時、新聞記者の宮尾と恋仲になり、夫と別れて宮尾と一緒になり、再起を期して東京へ戻り、取材して記事を書くライター仕事をしながら、小説を書いては雑誌へ持ち込んで没にされていたのである。

宮尾登美子

『櫂』『岩伍覚え書』などの自伝的作品と、『一絃の琴』『序の舞』などの近代のモデルのある作品と、『天璋院篤姫』『クレオパトラ』などの歴史小説とがあり、『鬼龍院花子の生涯』など、高知を舞台としたやくざ小説のようなのがある。

太宰治賞をとった仲間の宮本輝と、関西人同士で親しかったようだが、宮本の対談集（『メイン・テーマ――宮本輝対談集』潮出版社、一九八六）での宮尾との対談を読んで、私はちょっと驚いた。宮本が下品な大阪のおじさんみたいな人柄なのは知っていたが、宮尾もそれ相応に下品な話題に興じていたからで、ああ、西日本の、そういう感じの人なんだなあ、と思ったからである。

林真理子については、経済学者の栗本慎一郎が、一九八四年五月号『野性時代』に「紐育の少女　小説・林真理子」、九月号に「白雨の少女　小説・林真理子パート2」という小説を書いている。こう銘打ちつつ中は変名で「森真樹子」になっている。語り手は中川というマスコミ学者で、林真理子とニューヨークで開かれた文化イベントで親しく話すようになる。この年林は『星影のステラ』を『野性時代』一月号に発表して直木賞候補になっている。『野性時代』副編集長の見城徹も変名でよく出てくる。あと中川が、自分と同じ姓の中川薫という女流作家としているのは栗本薫で、自分は美人でいい男と結婚できたから林真理子が嫉妬しているんじゃないか、などと言う。

これも変名で矢川澄子が出てきて、栗本は愛読しており、少女のようだと言う。だいたい、もう三十近い林真理子を「少女」と言っているのである。果たして栗本慎一郎がこの当時、直木賞を狙っていたかどうか、それは知らない。

宮尾は『きのね』を書くとき、すでに故人なのに、当時の團十郎家と連載する「朝日新聞」の話し合いで、仮名にすることを余儀なくされた。林真理子は、片岡孝太郎《たかたろう》の妻だった女性の、写真家・田原桂一との不倫を『奇跡』に描く際に、田原と博子は実名にしたが、歌舞伎俳優たちは、中村勘三郎に至るまで、すぐばれるのに仮名にした。

吉本ばなな「TUGUMI」1989

吉本ばなな（一九六四〜）は、「キッチン」で海燕新人文学賞をとって世に出たが、吉本隆明の娘だというので世間はずいぶん騒いだ。芸術選奨新人賞もとった『キッチン』が、数年後に福武文庫になった時、その文庫あとがきに「小説を読んで私がモノホンの処女だと思った人がいる」とかいったことが書いてあり、何だこれは？ と思ったが、何かその種のことを言ったやつがいたのだろう。

『TUGUMI』は、『マリ・クレール』という、中央公論社から出していた女性雑誌に連載されたが、当時の『マリ・クレール』は安原顕が、ニューアカ風の文化雑誌にしようとしていて、私もしょっちゅう（バカなことに）買っていたものだ。『TUGUMI』は面白かったし、山本周五郎賞をとり、映画にもなったが、映画は面白くなかった。それから三十年がたち、吉本ばななは、どうも一種のオカルト作家として、海外でも人気があるらしいが、日本ではあまりまともな作家扱いはされていないが、二〇二二年には谷崎潤一郎賞を受賞した。

映画『TUGUMI』DVD

折原一「倒錯のロンド」１９８９

私は推理小説の中でも、「誰が犯人か」を主軸にしたものが嫌いで、だいたいは「誰、それ?」というような人が犯人だったり、意外性を狙って珍妙なことになってしまうのが普通である。

その点、「叙述トリック」というのは割と好きではあるのだが、これも当然ながらいくつも書かれるとネタが尽きていく。初期の折原一《いち》（一九五一〜）の作品は叙述トリックがわりあいぎりぎりの線でうまくいっているほうであろう。

山口雅也「生ける屍の死」１９８９

これはアメリカを舞台とした推理小説だが、驚くべきことにゾンビ小説で、死んだ人間が生き返ってくる。といっても肉体は次第に崩れてくるから、そうなったときは本当に死ぬらしいが、探偵役を務めるのがゾンビという破天荒ぶりである。しかし不思議なことに、フォークナーの小説めいた一族譚でもあり、イヴリン・ウォーの「ラブド・ワン」を思わせる葬儀会社や霊園の内部の描写もあり、実は山口の最初の小説でかなり長い長編なのだが、激しく入り組んだ謎解きに至るまで、よくこんな複雑なことが考えられるなと呆れかえるばかりの完成度の高さである。

山口はのちに『日本殺人事件』で日本推理作家協会賞を受賞するが、直木賞候補になったことはない。しかし、これこそ直木賞をとるべき作品だったといって過言ではない。

コラム

泡坂妻夫と直木賞（直木賞こぼれ話④）

泡坂妻夫は『乱れからくり』が出た時、たいへん評判が良かったので、候補になって直木賞に落選した時は意外に思ったほどだったが、のちに実際に読んでみて、これじゃあとれないな、と思った。泡坂は奇術師でもあり、その小説はパズラーの中のパズラー、小説というよりからくり本みたいになることすらあって、『しあわせの書　迷探偵ヨギ　ガンジーの心霊術』なんて、新潮文庫オリジナルで出たのは、筋は実はどうでもよくて、本そのものにからくりがあるというもので、呆れてアマゾンレビューで一点を付けておいたら文句を言う人もいた。リアリティなどお構いなしなところもあり、五回候補になって落ち、六回目、五十七歳でとったのだが、それもギリギリ直木賞に妥協して人情ものを書いてとったという感じがあり、どちらかといえば、よく泡坂妻夫が直木賞をとったなと思うようなところのある作家であった。

佐伯一麦「一輪」１９９０

佐伯一麦（一九五九～）は、芥川賞こそ取り損ねたが、三島賞から、五十前で大佛次郎賞をと

映画『F.ヘルス嬢日記』DVD

り、このままだと大家になってしまうんじゃないかという気すらする。初期の、破滅型私小説作家だった面影はなくなりつつある。私は初期の『木の一族』などが好きだったが、最初の妻と別れて、仙台へ行き、草木染の人と結婚してからはすっかり落ち着いてしまった。もっともアスベストで肺をやられているので、安心はできないが、作風はおとなしやかなものに変わった。

私は初期の、ファッションヘルス嬢と恋仲になってしまう中篇『一輪』が好きなので、ここではそれをあげておく。これは「ファッションヘルス嬢日記」としてVシネマになっている。

北方謙三「破軍の星」１９９０

北方謙三（一九四七〜）は、中央大学法学部卒である。早大の立松和平とは友人で、北方は一九七〇年に新潮新人賞で最終候補になり、二人とも純文学の短篇を書いては『早稲田文学』へ持ち込んでいたが、立松のは時どき売れたが、北方のは売れなかったという。北方は、一九八一年の『弔鐘はるかなり』でハードボイルドを書き始め（これが最初の単行本）、三作目の『逃がれの街』がちょっと話題になり、以後は続々と書くようになる。北方は、英文学専門だった磯田光一に、大学で教わっていて、そのころたまたま出会って、磯田は北方の小説の感想を述べたという。「読んでいてくだすったんですか！」と北方が驚くと、「ああいうものを書いていけば新しい青春小説になると思う」と磯田は言ったという。文学の教員は、自分の教え子が小説家になったら、それは嬉しいから読むものである。

北方は直木賞候補に三度なったが受賞できず、それでものちに、直木賞では初めての、受賞していない選考委員になった。もっとも、日本を舞台とした歴史小説から、『水滸伝』『楊家将』など多数の大長篇を書いているけれど、どうも、北方といえばこれ、という作品はないので、北畠顕家を描いた『破軍の星』をあげておく。

コラム 永六輔の唯一の小説

永六輔（一九三三〜二〇一六）には、一冊だけ小説がある。『真紅の琥珀』といって、『小説現代』に連載され、一九九一年に刊行された。当時私はカナダ留学中だったから、雰囲気は知らないが、三か月で一回増刷したが、さほど話題にはならなかったようだ。明治《あきはる》、大正《ひろまさ》、昭和《あきかず》という男たちが出てきて、要するに日本近代史、特に昭和史パロディ小説で、小林信彦が書くようなものである。これで直木賞をとる気だったかどうか知らないが、一時期自分を「文化人」と称していたから、青島のように直木賞を狙っているんだろうと言われていた。

岩波新書の『大往生』がヒットするのは三年後の九四年だから、自分はこっちの路線だな、と思ったのだろう。永は、若いころ三島由紀夫に可愛がられていて、顔も似ていたし、尺貫法はともかく、「天着連」天皇陛下に着物を着せる会などというのをやっていたし、軽く右翼っぽいのかとも思っていたが、まあそのへんはナマクラだろう。

ところでこの手の「昭和史パロディ小説」というのは、私はどうも嫌いで、要するに私小説を書いて自分をさらけ出すことをせずに、高見の見物を決め込もうという魂胆の小説で、奥泉光の『東京自叙伝』とか、磯崎憲一郎の『日本蒙昧前史』とか、どうも気に入らない。磯崎のほうはまだ題材選択に趣向があるが、ちょっと最近そういうのがはやりすぎである。

宮部みゆき「火車」1992

初めて、直木賞を受賞している作家の登場である。多くの人が言うように、宮部みゆき（一九六〇～）の実際の受賞作『理由』より、それより前に候補になった『火車《かしゃ》』のほうが優れているので、ここで挙げるのである。私は埼玉県越谷市、つまり東武伊勢崎線沿線にずっと住んでいたので、『理由』の舞台となった北千住はいつもターミナル駅として利用していたから、あそこにマンション群が建ったら、という雰囲気の描写は、さすがに優れていると思うが、事件そのものの謎解きはまったくいただけない。

『火車』を私が読んだのは、まだ文庫化される前で、双葉社というちょっと新潮社などより格下の出版社から出ているのが好ましく、大阪の南のほうの学会へ向かう電車の中でわくわくしながら読んだものだ。カード破産した女が他人になりすますという話を逆から書いていくのが巧みだった。

だが、中に出てくる弁護士が、カード破産などする人間を愚かだと思うのは間違いだと長広舌をふるう場面があって、これには関心しなかった。私の母は中卒だったが、家を買う時にローンを組んだらカードを作らされたらしく、それが家にあったが、小学生の私が、これなあに？と訊くと、そういうものはむやみに使うと知らないうちにたくさんおカネを使ってしまって大変なことになるのよ、と言っていた。それが庶民の世間知というものではないか、と思った、ということは前に書いた。ところがこの弁護士は宮部が取材した宇都宮健児で、ここで振るわれた長広舌は宇都宮が言ったことだと聞いて、なるほどと納得し、かつやっぱり宇都宮はダメだなと思ったことであった。

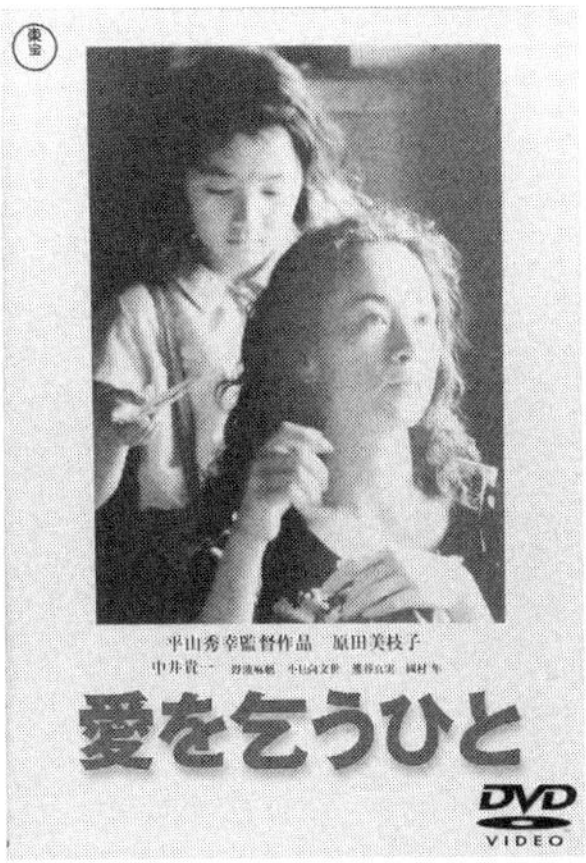

映画『愛を乞うひと』DVD

下田治美「愛を乞うひと」１９９２

下田治美（一九四七〜二〇一一）は、孤児院から引き取られたが養母に虐待を受けた体験を描いた「愛を乞うひと」が九八年に原田美枝子の二役主演で映画化されて（平山秀幸監督）知られるようになり、文庫化もされた。下田は夫と離婚してから男児を出産し、一人で育ててきたが、ほかに身辺に取材したエッセイや医者批判を書いており、フィクション作家ではない。二〇〇三年に、息子が派遣社員をしていてリンチに遭ったため提訴する事件が起きているが、二〇一一年に死んだことは報道もされなかった。その後も、下田を取材した記事などはない。

岩阪恵子「淀川にちかい町から」1993

岩阪恵子（一九四六〜）は、芥川賞作家・藝術院会員だった清岡卓行の二人目の妻だが、詩人・作家で多くの賞をとっている。中でも『淀川にちかい町から』は芸術選奨と紫式部文学賞をとっており、じっさい読んでみたら新鮮な大阪のスケッチ集であり小説だったから驚いた。ほかに『画家小出楢重の肖像』もあるが、これはあまり感心しなかった。

石井桃子「幻の朱い実」1994

岩波書店の編集者として多くの児童文学の翻訳をしてきた石井桃子（一九〇七〜二〇〇八）だが、戦後は『ノンちゃん雲に乗る』で有名になった。若いころ、太宰治が石井桃子を好きだったという説もあり、ああ太宰は本当は知的な女性が好きだったんだなあと、先ごろ死んだ西村賢太も実は知的な女性が好きだったことを思い合わせて切なくなる。井伏鱒二が訳したことになっている「ドリトル先生」シリーズも、石井が下訳をして井伏が手を入れたものだという。

石井はしかしレズビアンで、初期の相手は小里《おり》文子《ふみこ》という若くして死んだ人だった。それを描いたのが二冊に及ぶ『幻の朱い実』で、読売文学賞を受賞している。石井は百一歳まで生きた。

佐江衆一「黄落」１９９５

佐江衆一（一九三四～二〇二〇）のことは、高校生のころに、角川文庫で「ザッツ・エンターテインメント」というフェアがあり、その小冊子で紹介されていたので知った。『禿げの子供たち』というのが角川文庫にあり、子役の世界の裏面を描いていてうまい小説だと思った。

石井桃子（朝日新聞社提供）

五年くらいあと、『横浜ストリートライフ』（一九八三）を刊行したが、これは横浜でホームレス襲撃事件が続き、佐江がこれを取材するため、路上生活をしている者たちの中で生活してみて、そのドキュメンタリーだったのだが、「朝日新聞」の書評で結構辛辣に批判されていて、気の毒になってしまった。「変装して潜入しているかぎりでは、しょせんはドヤ街の住人たちと「他者」であるほかはあるまい。フィクションかどうかは知らず、作中の作者が暴力を振るわれる場面が、かなり自己懲罰的と読めるのもそのためなのだろう」（一九八四年三月五日）。当時の「朝日」の書評は無署名、つまり匿名だったから、誰が書いたかは分からないが、ずいぶんなことを書くものだと思った。

自分の父親が痴呆になったさまを描いた『黄落《こうらく》』が出たのはそれから十年以上たってのことで、これはベストセラーになり、ドゥマゴ文学賞を受賞した（城山三郎選考委員）。

私は大阪大学に勤めていたころ、大学で嫌なこともあり、大学を辞めて作家になりたいと知り合いの編集者に話した時に、「佐江衆一さんが『黄落』を出すまでどんなに大変だったか」と慰留されたこともある。もっとも、岩波ジュニア新書の『けんかの仕方教えます』がベストセラーになったり、新田次郎文学賞や中山義秀《ぎしゆう》文学賞もとっており、そう悪い作家人生ではなかったように思う。

松山巖「闇のなかの石」１９９５

松山巖（一九四五〜）という人は、私が大学生だった一九八四年に『乱歩と東京』という評論でデビューしたが、元は東京芸大卒の建築家だった。私は大学院一年の時に、当時都市論などをやっていた芳賀徹先生のゼミでこの本を使った。その後はあまり気にもしていなかったが、『闇の中の石』で伊藤整文学賞を、『群衆』で読売文学賞をとって、テレビで川上弘美と対談したり、何だか活躍しているようだったが、九九年に『日光』という小説を読んだら、何だか前衛的で難解だったから、そのまま読むのをやめてしまった。それからしばらくして『闇のなかの石』を読んだら、東京で育った松山の私小説的短篇集で、これは面白かった。もっとも、北関東育ちの私には、東京育ちの著者が自慢しているような感じがつきまとっており、何か油断ならない変人だという気持ちはしている。

コラム　佐藤雅美の『恵比寿屋喜兵衛手控え』

読んで感銘を受けた直木賞受賞作といったら、何といっても佐藤雅美《まさよし》（一九四一〜二〇一九）の『恵比寿屋喜兵衛手控え』（一九九三）である。これは題名から、捕物帳だと思っていたため、そうではなかった驚きというのもあるが、佐藤はそれまで、徳川時代の経済ノンフィクションを書いていて、これは公事宿《くじやど》を舞台とした物語である。

「公事」というのは、裁判のことである。裁判は今でも、カネのやりとりがこじれた末に使われることが多いが、徳川時代もそうだった。そして、裁判の手続きを代行する、今でいう弁護士と、地方から出てきて裁判をする者が裁判の間泊まる場所を提供する宿の双方を兼ねるのが公事宿である。私は読んだ当時そのことを知らなかったので、余計感銘が深かったともいえるが、そういう、知らなかったことをある本を読んで知った喜びというのは、知っている人には感じられないものだが、フィクションであれノンフィクションであれ、その読者にとってはその本との出会いが重要なので、ほかの人が「それくらい知っていたよ」と言っても仕方のないことなのである。

ドラマ『蒼穹の昴』DVD

浅田次郎「蒼穹の昴」1996

浅田次郎（一九五一～）も、『鉄道員《ぽっぽや》』で直木賞を受賞しているが、あまりにお涙ちょうだいの短篇なので、それより前に候補になり、西太后時代の清朝を描いた『蒼穹《そうきゅう》の昴《すばる》』のような本格歴史小説も書けるのに、という声があるので、あげておく。『蒼穹の昴』は、西太后を田中裕子が演じてドラマ化されたが、西太后といえば、私は以前、初代藤間紫が舞台で演じたのを観ており、ああいう太ったおばさんを想像していたから、なるほど皇帝の寵愛を受けた女なのだから元は美人なのだろうと思いつつ、「マー姉ちゃん」当時の田中裕子から年月がたったのを感じたのであった。

私は『鉄道員』に入っている「ラブ・レター」が好きなのだが、あれを中井貴一主演で映画化したのは、もともとザッとすませる短篇だからいいのであって、映画にするのは無理だったという感じの映画であった。

貴志祐介「天使の囀り」1998

貴志祐介（一九五九〜）は、六つくらいの優れた長篇小説を書いた人で、ホラーだが幽霊は出てこないで、むしろ動物学や自然科学に関する該博な知識を駆使してみごとな物語世界を作り上げた人だといえる。世間的には『悪の教典』が、直木賞候補にもなったし、映画化もされて有名だが、あれは貴志作品としては例外的なもので、出来もさほどではない。

貴志が明らかにしたのは動物の世界における捕食関係などがある。蛇の食物として最も多いのは蛇だということが作品に書いてあった。私はＮＨＫ－ＢＳプレミアムで放送している「ワイルドライフ」を十年くらい前から観ていて、動物についてずいぶん詳しくなった。肉食動物が捕食するのは、しばしば近い種類の動物であり、その子供であり、時に自分と同じ種類の動物の子供である。チンパンジーは獰猛《どうもう》な動物で、アカコロブスという下位のサルを捕らえて食う。

貴志作品は『黒い家』『天使の囀り《さえず》』『青の炎』『クリムゾンの迷宮』『硝子のハンマー』『新世界より』を読めばことたりる。『青の炎』も、蜷川幸雄が監督して映画化されたが、あれは原作とはまったく別物で、原作は自然科学的な知識の細部が実にみごとなのである。『硝子のハンマー』は推理作家協会賞受賞作で、防犯カメラの技術者と女性の二人組が探偵役になり、シリーズ化されたが、『硝子のハンマー』には及ばない。貴志は京大経済学部卒で、頭がいいが、自然科学に詳しいのに驚く。『新世界より』はＳＦで、日本ＳＦ大賞受賞作だが、これにも生物学的な知識がふんだんに生かされていて興奮させられる。ハダカデバネズミが、テロメアを修復できるため寿命が長いといったことを知ると世界が違って見える。

『天使の囀り』は、「赤鬼」とあだ名される不気味な猿・ウアカリをモティーフにしたもので、貴志作品として最も恐怖度が高い。

残念なことは、貴志がこの六つの名作を書いたあとで、もはや名作が書けなくなっていることだが、それでも六つも名作が書けたらそれはすごいことなのである。

コラム 日本人作家が外国人を書く

「ニューアカ」の時分、柄谷行人や中上健次が文藝誌の座談会をやって、中上が、日本人が書く小説って外国人が出てこないだろう、おかしいよと言っていたのだが、私は「そうかな?」と思った。井上靖の「蒼き狼」とか「敦煌」とか、吉川英治の『三国志』とか『新・水滸伝』とかあるだろう。中上は西洋人のことを言っているのだろうか。

直木賞をとった中村正軌の『元首の謀叛《ぼうはん》』は、現代ドイツを舞台として、日本人が出てこない小説として話題になった。それまでは、北杜夫の『夜と霧の隅で』のようにナチスの人体実験を描いても、案内役として日本人医師が出てきていたのだ。もっとも辻邦生の『背教者ユリアヌス』は明らかに外国を舞台とした歴史小説で、辻はその後『フーシェ革命暦』なども書いている。そのうち、佐藤賢一が『王妃の離婚』で、中世フランスを描いて、純然たる西洋歴史小説で直木賞をとった。もっともこの時の佐藤の日本語は下手だった。その後、佐藤亜紀もよく西洋ものを書くようになるが、佐藤亜紀の場合、『ベルサイユのばら』とか皆川博子の西洋ものと同じ「お耽美」趣味が災いして、純文学か耽美小説の中間あたりに見えてしまう。西洋ものは、辻や佐藤賢一のように、明瞭に書かないと一部のマニアのものになってしまうらしい。あと山之口洋《やまのくちよう》の『われはフランソワ』（新潮社、二〇〇二）というヴィヨンを主人公にしたものもあるのだが、なんで佐藤亜紀といい山之口といい、西洋を舞台に小説を書くと不良少年みたいなのが主人公になってしまうんだろう。

郷ひろみ「ダディ」1998

一人くらい藝能人も入れておきたいと思ったが、やはりここは『ダディ』である。郷ひろみ（一九五五〜）が二谷友里恵と離婚したあとで出した手記で、離婚の原因は郷の浮気で、二谷によると浮気の相手も回数も数十人に及んだという。当時私は「週刊読書人」から依頼されて、この本を擁護的に論じたのだが、小倉千加子などは『週刊朝日』で、これを書いたことで郷の藝能人生命は終わりだろう、などと書いた。本書中には、これから新婚旅行に出かけようとしていた時に、前の恋人だった松田聖子から電話が掛かってくる場面があるのだが、これをとらえて、郷は松田聖子のストーキング行為をばらした、けしからんと言う人もいた。文庫化されていないのはそのせいか？　とも思ったが、幻冬舎だから、トラブル上等、で売り切ってしまうという作戦だったのかもしれない。

　これはどうも藝能人本としては珍しく自分で書いたらしいと当時言われたのは、郷が、離婚経験という苦いものを、どうやらアメリカ風のユーモラスな手記として書こうとしているらしいからで、「金甌無欠《きんおうむけつ》」とか妙な四字熟語が目立ったのが、それじゃないかというのである。そう言われればそうかなと思うが、そこで再度小倉千加子だが、小倉は、慶大卒の二谷友里恵と高卒の郷の格差婚だったと、郷の高卒をバカにしつつ書いていたので、嫌な人だな～と思ったものであった（郷は青山学院大を受けて落ちたらしい）。だがその後、二谷が『楯』と題して反駁の本を書くと、その粘着質の文章が斎藤美奈子に揶揄され、実際中身もそうだったから、自然と郷の勝ちとなったはいいが、小倉千加子までそれから表面から姿を消してしまった。

緑河実紗「心を殺された私 レイプ・トラウマを克服して」1998

これは、公募の「蓮如賞」で優秀作となり、河出書房新社から刊行されたもので、著者は仮名で、その後のことも分からないが、ライターの仕事をしていて、トイレを貸してくれと言った男を部屋へ上げたら強姦されてしまい、そのトラウマからのフラッシュバックなどに苦しみ、部屋はゴミ屋敷となってしまったという壮絶な体験を描いたものである。ほかにも強姦被害体験を描いたものはあるが、私が読んだ限りではこれに及ぶものはない。著者がその後平穏な生活を取り戻したことを祈りつつあげておきたい。

コラム「赤目四十八瀧」VS「兄弟」

第一一九回直木賞（一九九八年）は、車谷長吉《くるまたにちようきつ》（一九四五～二〇一五）の『赤目四十八瀧心中未遂』であった。純文学作家で、それまで三島由紀夫賞などをとり、芥川賞候補にもなった車谷が直木賞をとったことと、通俗作家とされていた花村萬月が「ゲルマニウムの夜」で同期の芥川賞を受賞（藤沢周と二人）したことで、逆転現象などと言われた。

だが車谷は、三島賞や芸術選奨だけでは不満でどうしても芥川賞が欲しくて、芥川賞に落とされた時は選考委員全員のわら人形を作って名前を書き、丑の刻参りをやったと、直木賞受賞後の『別冊文藝春秋』に書いた。どうやら車谷は、直木賞をとれば芥川賞の代替になると考えていたらしい。かつて立原正秋は、直木賞をとったが、本当に欲しかったのは芥川賞だった、と漏らしたこともあった。

芥川がダメなら直木で、というのは私も考えたし、のちに島本理生も同じことをしているが、この時、直木賞には、なかにし礼『兄弟』と、梁石日《ヤンソギル》『血と骨』という強敵があった。私は、なかにしがとるのがこの時は妥当だったと思っている。のちビートたけしと豊川悦司でドラマ化された、私小説の名作で、なかにしは次の回にあまりいい作ではない『長崎ぶらぶら節』で受賞している。それに、車谷のこれは、私小説ではなく、大阪の板場で働いていた時のことを下敷きにしたフィクションで、出来が良くない。車谷のどういう熱意が選考委員を動かしたのか知らないが、車谷はやはり芥川賞をとるべきだったろう。もっとも芥川賞は、五十歳を過ぎて候補になって落選すると、その後とれないというジンクスがあり、私もこれに該当したので自ら身を引いた。車谷は前回芥川賞候補になったのが五十歳の時だったから微妙なところだ。

なお、世間には私が私小説しか書かないとか私小説しか認めないとか勘違いしている人がいるが、『赤目四十八瀧心中未遂』は私小説ではないから良くないのではなく、小説として面白くない。車谷は、三島賞や芸術選奨をとった最初の作品集『鹽壺の匙』はあまり感心せず、二冊目の『漂流物』所収の「抜髪」が良くて、以後の『業柱抱き』や『忌中』など数点が一番いい。

小林恭二「父」1999

小林恭二（一九五七～）というのは、島田雅彦と同時期に「電話男」で海燕新人文学賞をとってデビューした。東大美学科卒で、美学科にいた宮城聰と同じころだったらしい。芥川賞候補は一度で、そのあと俳句の本が話題になった。筒井康隆を尊敬して半ば師事し、三島賞の候補になった時は筒井が熱心に推したがとれなかった（『瓶の中の旅愁』一九九二）。その後、小説家をやめようかと思って筒井に相談したら元気づけられ、『カブキの日』で三島賞を受賞した。福田和也は貶しつけていたが、実際つまらない小説だった。しかしそのあと、神戸製鋼専務取締役だった父・小林俊夫を描いた私小説『父』を出したが、これが小林の中では一番いい小説だろう。父はどういうわけか文藝評論家の橋川文三《ぶんそう》と親しく、三島由紀夫が自決した時に家へ来て、これは大変な事件だと語った、というのを子供の小林が聞いていたという。

その後は、専修大学教授になって小説の書き方など教えているが、二〇〇九年の『麻布怪談』以後は小説を書いていないようだ。まあ、結局はその程度の才能だったのだろう。昔のことだが、女性新人作家に「あんた処女？　あんた処女？」としつこく訊いたそうで、あまり人間性に信を置いてはいない。

岩井志麻子「ぼっけえ、きょうてえ」1999

岩井志麻子（一九六四〜）は、事実上「ぼっけえ、きょうてえ」でデビューし、山本周五郎賞をとった作家で、今のようにテレビでエロ話をする人になるとは思わなかったが、当時私は、遊女神聖説との戦いを始めたところだったので、娼婦の裏面を描いたみたいなこういう作品を歓迎したのだが、別にそういうことが岩井の本当に描きたいことではなかった。

ただまあ、現状にかんがみて、婦人公論文藝賞や島清恋愛文学賞を受賞したのは、岩井にはちょっと過ぎた扱いではなかったかという気もしないではない。

伴野朗「呉子起つ　流転の天才将軍」1999

歴史小説には、ある掟がある。たとえば司馬遼太郎の『花神《かしん》』は、題名が「大村益次郎」ではない。第一線の作家だから、題名が内容を表さない小説が出せるので、それでも売れるからである。二流以下の作家となると、歴史上の人物や事件は、題名に入っている。大佛次郎の『赤穂浪士』は古いものだし、吉村昭は『桜田門外ノ変』とか『生麦事件』を晩年に出しているが、これも例外である。

ましてや、ここに掲げた『呉子立つ　流転の天才将軍』なんて、副題までついているとなると、これはもう、初手から、二流の小説でございます、へい、直木賞なんて問題じゃありませんと言っているようなものだ。

伴野朗《とものろう》（一九三六〜二〇〇四）は、江戸川乱歩賞作家だが、元新聞記者で中国史に詳しく、『呉・三国志』など中国ものの小説をたくさん書いている。文筆家として立ちたいが、とても司馬や吉村の才能はないという人は、参考にすべき行き方である。『呉子起《ごした》つ』は、孫子・呉子として知られる兵法家の片方を描いたものだが、十分面白かった。伴野は直木賞候補になったことはないが、むしろ読むべき作家である。

倉阪鬼一郎「活字狂想曲　怪奇作家の長すぎた会社の日々」１９９９

倉阪鬼一郎（一九六〇〜）は、早稲田にいて私が初期の『幻想文学』を読んでいた時、よく書評を寄稿していた。卒業後、会社に勤務しており、のちホラー作家として独立するが、その会社に勤務していた時のことを書いた本書がベラボウに面白く、当時「朝日新聞」でとりあげて絶賛したものだが、ホラー作家をもって自認する倉阪には、こういうものを褒められるのは痛しかゆしだったかもしれない。その後、文庫オリジナルの時代小説や推理小説など膨大な数の小説を書いているが、すまないがそれらは読んでいない。

大原富枝「草を褥に　小説・牧野富太郎」2001

大原富枝（一九一二～二〇〇〇）は、『婉《えん》という女』を代表作とし、藝術院会員で、二〇〇〇年に八十七歳で死去した作家で、『草を褥《しとね》に』は女性雑誌に連載しており、没後に刊行された遺作である。そんなものを直木賞に擬してどうなるのか、というところだが、牧野富太郎といえば植物学者として大変有名だが、これのほかにあまり伝記がない。牧野は業績は立派だったが、学歴がないために東大講師にとどまって、教授になれなかったという話で有名である。

だが、実際には牧野は別に貧しくて大学へ行けなかったのではない。むしろ豪商というべき家に育ち、植物に関心が深かったため子供の頃に親からシナの植物図鑑『本草綱目《ほんぞうこうもく》』という大著を買い与えられ、裕福な中で研究をしており、どうせ実家を継ぐのだろうから大学など行かなくてもいいだろうというので行かなかっただけなのである。

この小説は、牧野の最初の妻・寿恵子《すえこ》の視点から描かれているため、過剰に牧野に同情的になることを避けられている。私はそこを評価したのである。

片山恭一「世界の中心で、愛をさけぶ」2001

片山恭一（一九五九～）は、文學界新人賞受賞作家だが、『世界の中心で、愛をさけぶ』が売

映画『世界の中心で、愛をさけぶ』DVD

れた時は、何かヘンだった。マスコミがこぞって、バカバカしい小説が売れている、これはおかしいと騒いだのである。これがバカバカしいなら、武者小路実篤の『愛と死』なんて、題名でネタバレしているもっとバカバカしい小説だと思う。

私は読んでみて、宇和島での島の描写なんか、なかなか良くて、いいんじゃないかと思ったが、文藝誌で片山がこれを擁護する評論を書いて、それがまたバカにされた。私のところへは新聞記者が取材に来て、「こんなバカバカしい小説が売れてみんな驚いたわけですが」と言うから、いやそういう前提で話をしないでくれ、と言わなければならなかった。

谷川流「涼宮ハルヒの憂鬱」2003

いわゆる「ラノベ」ライトノベルの代表的作品「涼宮ハルヒ」シリーズの第一巻である。エキセントリックな美少女の高校生・涼宮《すずみや》ハルヒが主人公で、特に一貫したストーリーがあるわけではない。

ところで、ラノベというのは、マンガ風の挿絵がつくのが特徴である。日本でも西洋でも、二

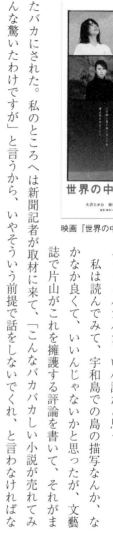

十世紀になってから、挿絵が入るのは大人の文学ではないということが常識になり、多くの小説から挿絵が失われていった。ただし、新聞連載小説だけは毎回挿絵がつくが、単行本になる時は削除された。当時、小説に挿絵がついたのは、高校生向けということになっていた旺文社文庫や、偕成社などから出た子供向けの『吾輩は猫である』などのシリーズや、岩波少年文庫などだったが、一九八〇年ころから、挿絵の見直しが始まり、岩波文庫の『レ・ミゼラブル』も初版の挿絵を復活したものに変わったりした。

しかし今でも、純文学はもとより娯楽小説（エンターテインメント）でも、大人向けに刊行される場合は挿絵はつかないものと決まっている。確かに挿絵は、読者の自由な想像を妨げるともいえるが、だとするとなんで新聞小説にはついていて、単行本にする時には削るのか分からなくなる。

徳川後期に曲亭馬琴が、自ら構図を指定して北斎などの絵師に挿絵を描かせたように、作家との共同作業としての挿絵があってもいいのではないか。

俵万智「トリアングル」２００４

俵万智（一九六二〜）は、私と同年齢で、生まれ月も十二月で一緒である。『サラダ記念日』のころは「俵万智のボイスレター」なんていうカセットブックを買ったりしたが、その後、優等生的な人だな、と思っていたから、四十歳で未婚の母になった時は、あ、そうじゃなかったんだ、

俵万智『よつ葉のエッセイ』河出書房新社

と思った。当時、子供の父親は誰だ、というようなことを『噂の真相』などの雑誌が詮索していたが、そのあと、「読売新聞」に「トリアングル」を連載し始めたが、これが私小説で、妊娠する経緯と、相手の男が十八歳上のカメラマンだということまで赤裸々に書いてあった。そしたらあの人じゃん、となるはずなんだが、これについてなぜかどの雑誌も記事にしなかったのは、あまりに堂々としていると度肝を抜かれるからだろうか。

私は二〇〇九年に河出書房新社の文藝誌『文藝』が、今世紀になって登場した作家リストというのを掲げた時、ざっと見て、自分が載っていないのでがっかりしたが、俵万智もいなかったし、河出が俵万智を無視するわけがないから、これは前の世紀から書いていた人は入れない方針なんだなと納得したことがある。

『トリアングル』は阿木耀子が監督をして「tanka」の題で映画化されたが、まあ出来は。しかし私は阿木耀子が好きで、というのは美人で女優もして脱いだこともあるからだったりするのだが、夫は宇崎竜童で、宇崎は明大法学部卒、阿木は明大文学部中退で、宇崎はお坊ちゃんで阿木は横浜の貧しい家の育ちだと知って、あ、そういうことか、と納得したことがあった。

なお俵万智の最初のエッセイ集『よつ葉のエッセイ』は、どういうわけか出てからすぐカラフルな表紙に変わってしまったが、私は出た時すぐ買ったので、コートを着た俵の立ち姿がセピア色で撮影された表紙のものを持っている。

コラム 紫綬褒章と直木賞

春と秋に「叙勲」というものがある。政治家や元大学教授、公務員などを対象に、「旭《きょく》日《じつ》」や「瑞宝《ずいほう》」のついた大綬章、中綬章、小綬章、また紫綬褒章、黄綬《おうじゅ》褒章、藍綬《らんじゅ》褒章などの褒章が多くの人に授与される。六十代から上の人が多いが、中でも注目度が高いのが、二十人くらいに授与される紫綬褒章で、作家や藝能人、有名な大学教授や文藝評論家に授与されるからだ。大学教授の場合、六十代半ばで紫綬褒章を授与されて、七十代で瑞宝中綬章といったことが多い。

ところでその作家の顔ぶれを見てみると、直木賞作家がとても多い。作家での受賞者は、年代順に、江戸川乱歩、海音寺潮五郎、村上元三、南條範夫、新田次郎、戸川幸夫、伊藤桂一、池波正太郎、豊田穣《じょう》、杉本苑子、多岐川恭《きょう》、大城立裕《おおしろたつひろ》、黒岩重吾、清岡卓行、児島襄《のぼる》、結城昌治《しょうじ》、田辺聖子、平岩弓枝、久世《くぜ》光彦《てるひこ》、三木卓、筒井康隆、長部日出雄、渡辺淳一、阿刀田高、塩野七生《ななみ》、宮城谷昌光、つかこうへい、池澤夏樹、青野聰、高樹のぶ子、宮本輝、辻原登、松浦寿輝、北方謙三、稲葉真弓、浅田次郎、桐野夏生、伊集院静、夢枕獏、林真理子、川上弘美、篠田節子、多和田葉子、小川洋子、島田雅彦、大沢在昌《ありまさ》となっている。ほかにシナリオ作家、劇作家、詩人、歌人、児童文学作家もいるがそれは抜いた。

この四十六人中、直木賞作家は二十三人である。乱歩や北方は受賞していないが選考委員だし、田辺は芥川賞作家だが直木賞選考委員で、筒井や夢枕、久世も一般に娯楽小説寄りと見られている。清岡や三木、松浦は詩人枠で受賞とも考えられるし、児島の場合は横綱審議委員としての功績での受賞か。また宮本輝、辻原、高樹、小川は芥川賞作家で、島田は選考委員だが、作風が娯楽小説寄りと見られたか。大城の場合は沖縄出身ということでの特例として、青野や稲葉、多和田あたりはちょっと異色で、どうも紫綬褒章の作家枠は謎めいたところがないではない。まあ、官僚の側に何か人脈でもあるのかもしれない。文藝評論家枠も昔はあったが、三浦雅士あたりを最後に、授与すべき文藝評論家がいなくなってしまったのか、ないしは辞退しているのか、授賞はなくなっている。

ところで、こういう国家的褒章を辞退しているとしか思えない人がいる。蓮實重彦である。東大総長まで務め、文藝・映画評論家として絶大な影響力をもつこの人は、今ごろ文化勲章をもらっているほうが自然なので、恐らく辞退しているのだろう。あと村上春樹も、ノーベル賞こそとれなかったが次々と作品をベストセラーにした作家として、文化功労者くらいになっていないとおかしいから、こちらも辞退しているのではないだろうか。

リリー・フランキー「東京タワー——オカンとボクと、時々、オトン」２００５

福田和也・坪内祐三・柳美里《ゆうみり》とリリー・フランキーを同人として創刊された『en-taxi』という

文藝誌は、途中で何があったのか知らないが柳美里が脱退したが、創刊号から終刊号まで私のもとに送られてきてはいたが、一度も原稿依頼はなかったので、いったい何のために送っていたのかと思った。

まあそういう恩讐の彼方に、私の『母子寮前』と同じ主題を扱った『東京タワー』を入れておく、ということである。

コラム　アニメ・特撮と作家

宮崎駿や富野由悠季が文化功労者になり、アニメ・特撮は市民権を得たようにも見える。私が若いころ、日野啓三が盛んにアニメ好きを吹聴して「伝説巨神イデオン」がすごいとか言い、若者に媚びているんではなどと言われていたのだが、それから四十年たってみると、芥川・直木賞作家で、アニメや特撮の話をするとか論じる人というのは、直木賞作家の朱川《しゅかわ》湊人《みなと》（私と同学年）くらいしかいない。女性作家が多いからということもあるが、私くらいから下の世代なら、アニメ・特撮で育った世代だと思うのだが、文学をやる人は変な風に健全でもあるのか、そういう話をしない。芥川賞作家の円城塔は、アニメ版ゴジラの脚本を書いたが、あれも何だか、怪獣ものがもともと好きだったというより、一応SF出身で、依頼されたからやったという感じがする。だいたい、SF好きというのはゴジラとかウルトラマンとかをバカにしているものだ。

勝目梓「小説家」2006

勝目梓（一九三二～二〇二〇）は、元は純文学の作家で、中上健次も所属していた同人誌『文藝首都』に所属し、芥川賞、直木賞候補に一回ずつなったがとれず、すでに純文学では新人ではないからというので『小説現代』の新人賞に応募して受賞したのが四十二歳で、それからエロス・ヴァイオレンス小説を量産して売れっ子作家になった。

七十歳を過ぎて、その波瀾の前半生を描いた私小説『小説家』を刊行、私と福田和也が絶賛し、吉川英治文学賞の候補になったがとれなかった。山田幸伯《ゆきのり》は、野間文芸賞を与えるべきだ、と言っていたが、私は通俗小説の分野で活躍してきた作家だから吉川賞でもいいが、これに関していえば、何の賞もとれずじまいになったのはまったくの痛恨事で、日本文壇の問題点が表れているとすら思う。

ところで勝目が直木賞候補になった「花を掲げて」（『文學界』一九六九年一月）を読んでみたらけっこうポルノ風の小説で、写真撮影を趣味とする男が飛田という医師の家に運転手として住み込んで、そこの夫人の乳房を撮影したり、高校生の喫煙する娘にからまれたり、夫人との密通を疑われたりする話で、これで直木賞はとれないと思ったが、元来そういう作風だったのだということはよく分かった。

コラム　神に愛された白石一文

白石一文《かずふみ》（一九五八〜）は、直木賞作家である。父も直木賞作家の白石一郎である。先に山本周五郎賞も受賞している。なお、新潮社が後発で創設した三島由紀夫賞と山本周五郎賞は、芥川賞と直木賞より下位に位置づけられ、芥川賞や直木賞をとった作家は、三島賞や山周賞の候補にはならないという暗黙の了解があった。はずなのだが、前回、芥川賞作家である遠野遥が三島賞候補になり、落選したため、一部で衝撃が走った。さらに野間文芸新人賞も、長いこと芥川賞をとった作家は候補にしなかったのが、今回（二〇二一年）、宇佐美りん、町屋良平を候補にして町屋が受賞し、芥川賞の絶対的優位に揺らぎが生じている。

私は白石一文の小説は、現代小説で、何だか変てこな感じがして苦手だったが、数年前、『君がいないと小説は書けない』（新潮社、二〇二〇）という新刊が、私小説だというので、図書館で借りてきて読んで、たまげた。白石は早稲田卒業後文藝春秋に入り、小説を書いたが、文春では社員が小説を書くことを半ば禁止していたので、滝口明という変名で刊行した。それから小説は休んでいたが、長いものを書いていた時、同じマンションに、すごい美貌の女性が住んでいるのを発見し、しかもたまたまゴミ捨て場で口を利くことになり、彼女に、今書いている小説を読んでもらうことになった。すると彼女は、ものすごく感激して「あなたは天才です！」と言ってくれたから、白石は天にも昇る気持ちになり、その小説を刊行し、彼女と結婚したというのである。

……なんだこれは。自慢話か。しかし私小説には、尾崎一雄の「芳兵衛」もののような愛

――妻ものもあり、これはこれで読者を小説に期待するものとは違うものに向き合わせるという意味もあるんではないかと思い、面白かった。――

梓沢要「女にこそあれ次郎法師」２００６

梓沢要《あずさわかなめ》（一九五三〜）は、女性の歴史作家である。はじめ『遊部《あそべ》』という小説集を出した時に読んでみたが、これはまだ下手だった。二〇一六年に、駿河国で家康四天王の井伊直政の先代・井伊直虎を主人公に、「おんな城主　直虎」（二〇一七）としてＮＨＫ大河ドラマになったが、これには梓沢がすでに直虎を主人公にした本作を十年前に出していたのだが、ＮＨＫは原作料を払うのが嫌なのか、最近は原作つきの大河ドラマを作らなくなり、特にあまり有名でない作家だと宣伝にもならないから嫌がるので、梓沢の作品は無視された。読んでみたら、大河ドラマみたいに激しい脚色はされていなかったが、初めて井伊直虎について調べたのは梓沢じゃないかと思い、理不尽だなあと思った。梓沢はその後『荒仏師運慶』で中山義秀文学賞を受賞している。

諸田玲子「奸婦にあらず」２００６

諸田《もろた》玲子（一九五四〜）は六十八歳になり、もう直木賞をとる可能性はゼロではないが薄いだろう。『奸婦にあらず』は井伊直弼の情婦で、密偵でもあったとされる村山たかを描いたもので、たかは舟橋聖一の『花の生涯』にもヒロインとして出てきて、大河ドラマでは淡島千景が演じたが、それとは違うたか像を描いていた。諸田は歴史上実在の女性を数多く小説にしており、私としては好きな作家であるから、今後の直木賞への期待もこめて。

伏見つかさ「俺の妹がこんなに可愛いわけがない」２００８

十八世紀ドイツの文学者で、『ラオコオン』のような評論でも知られるゴットフリート・エフライム・レッシングに『賢者ナータン』（一七七九）という戯曲があるが、一一〇〇年ごろの、十字軍の時代を舞台にしたものである。十年以上前だろうか、何となく岩波文庫で読んだ私は、その結末にたまげた。ナータンの養い娘であるレーハと、これと愛し合うテンプル騎士団の騎士が、スルタンの弟の子供で、実は兄と妹だと分かって、みなが大喜びしているのである。ええ？　それじゃ近親相姦でもいいってこと？　シェイクスピア時代の劇作家、ジョン・フォードの「あわれ彼女は娼婦」では、兄の恋人になっている妹が、ほぼそれゆえに「娼婦」と呼ばれているのに。

ところが、訳者がその理由を解説してくれるかと思えばそれもなく、途方に暮れたのである。この戯曲は、キリスト教とユダヤ教とイスラム教という三つの、イェルサレムを聖地とする一神教の融和が主題らしく、そのことについて訳者はおおむね百万言を費やしてくれるのだが、兄と妹が恋人同士でいいのかということはまったく触れてくれないのである。ミリヤム・プレスラーという現代の作家は、『賢者ナータンと子どもたち』としてこれを小説化している（森川弘子訳、

映画『天地明察』DVD

岩波書店）が、『賢者ナータン』について「メルヘンのような結末」と言っているそうだが（同書訳者あとがき）、私には奇怪な結末であった。

伏見つかさ（一九八一～）の『俺の妹が……』はラノベだが、まさにその、妹を好きになってしまう兄という問題を描いた小説で、全十冊あるが、最後の巻で、ついに兄と妹は恋人同士になってしまうのである。

私は個人的には、兄と妹がセックスしても結婚してもいいと思っている。だから世間もそれでいいのだ、というならいいのだが、別にそういう議論もないし、これは珍妙なところである。

冲方丁「天地明察」２００９

西洋ではケプラーやコペルニクス、ガリレオ・ガリレイが天動説を唱え、ガリレオはそのため宗教裁判にまでかけられたが、日本では天動説というのはいつ広まったのか。西洋の天動説は、清朝を通してマテオ・リッチなどが伝え、そこから日本にも伝わって、十八世紀には幕府天文方あたりでは知られていた。ただそれが一般の人々に広まったのがいつかというのは難しい。学問をして天文学に関心をもつ武士なら知っていただろうが、庶民となると、一般化したのは明治期ではないだろうか。

冲方丁《うぶかたとう》（一九七七〜）の『天地明察』は映画にもなったが、こうした天文学的な知見をもとに暦を改め、貞享暦を作った渋川春海《はるみ》が、元は碁方の安井算哲《さんてつ》であったのが、天文学への関心が昂じていくさまを描いていて、しまったやられた、と思ったくらいの小説であった。てっきり直木賞をとると思っていたら、今日まで冲方はとらずじまいである。

コラム　北村薫と「上流階級」

北村薫（一九四九〜）は、隠忍自重の末に、直木賞をとった人である。候補になって落とされること五回、六回目にして『鷺と雪』（二〇〇九）で五十九歳にしてやっと受賞したのだが、私だったら耐えられないだろう。三回目くらいで、直木賞の候補にはあげないでくれ、と宣言すると思う。ところで『鷺と雪』はベッキーさんシリーズで、戦前東京の裕福な階層の未婚の娘とメイドのベッキーの、殺人事件の起こらないミステリー風短篇集である。ところがこの時、この受賞作について「上流階級」と紹介したメディアがあった。違うんだなあ。この家は裕福だけれど「華族」ではないので、アッパーミドルクラスであって「上流」ではなくて「中流」なのである。戦後の日本は、華族制度がなくなったため、上流といえるのは皇族だけなのである。まあそこは、渋沢栄一とか松下幸之助とかの一族を上流と呼ぶくらいはいいけれど、ベッキーさんのところはアッパーミドルである。

小野不由美「残穢」２０１２

小野不由美（一九六〇〜）はファンタジー作家だが、「残穢《ざんえ》」は私小説風ホラー小説である。小野自身を思わせる女性作家が、ある事故物件について土地に残っている怨念を調べていくという作りになっている。ところが、小野の実際の夫は綾辻行人で、綾辻は、幽霊とかをまったく信じない人という設定になっている。小野自身も、そんなものがいると思っているかどうかは疑わしい。もちろん幽霊なんて実在しないわけだが、「リング」とか「シックス・センス」みたいな映画で、いるということにして怖がってみるというのも面白いと私は思っている。ゴジラやウルトラマンのような巨大生物が、地球の重力の上では立てないと知りつつ楽しんだり、銀河鉄道９９９なんて実際にはありえないと知りつつ楽しむようなものだ。

ただし、こういうのについて、幽霊がいると思っている人と語り合うのはもちろんダメである。もっとも、ある土地で、昭和期から明治期とどんどん昔の霊の呪いが出てくるという構造を見ていると、それなら徳川時代とか平安時代とかどんどんさかのぼって呪いが出てきちゃうんじゃないか、という考えをする結果にもなる。山本周五郎賞受賞作である。

映画『残穢』DVD

百田尚樹「夢を売る男」２０１３

百田尚樹（一九五六〜）は、もともとテレビの放送作家で、「探偵！ナイトスクープ」などを担当していた。五十歳ころから小説を書き始めたのだが、初期の『永遠の０』（二〇〇六）は、零式戦闘機を扱ったフィクションなのだが、どういうわけか、特攻の賛美でけしからんと、「リベラル」な人たちからいつの間にか言われるようになった。私は映画版を観たが特にそうも思えなかった。いつしか百田は「右派論客」ということにされて、小説はかなり売れたが、ネット上でもいろいろものを言うから「リベラル」から憎まれるようになった。杉田俊介と藤田直哉という若手の文藝評論家が『百田尚樹をぜんぶ読む』という本で、小説を読んでいるが、杉田のほうが特に政治的に偏った人なので、さしたる成果は得られなかった。私は単に、百田は偽善が嫌いな人なんだろうと思っているが、こないだ「文藝評論家で小説を書いた人はいない」とか言っていたから、そんなに文学についてはものを知らないのでもあろう。

しかし娯楽小説の腕前はなかなかのもので、といっても『海賊と呼ばれた男』（二〇一二）は、天皇崇拝の右翼的実業家の伝記で別に面白くはなかった。一番面白かったのは、自費出版の世界を描いた『夢を売る男』で、自費出版業界は素人からカネを吸い上げる悪辣業者だとしながら、そこに一点の善意を見出している。悪の中にも一点の善があるという設定が、百田は得意なようだ。もっとも百田は文学賞をとったことがなく、自分では、ある時期からすべて辞退していると言っているが、それは誰か主催者側で証言してくれる人はいないものか。

五年くらい前のことだが、『週刊新潮』で、東大生に、最近読んだ本を訊いたアンケートがあり、二位か三位に『永遠の0』があり、百田を嫌いなリベラルが顔をしかめるのが見えるような気がしたことがある。

舞城王太郎「淵の王」２０１５

舞城王太郎（一九七三〜）という作家は、覆面作家らしいが、何度も芥川賞候補になっているけれども、実際は娯楽小説で人気がある人らしい。芥川賞候補になった作品はたぶんあらかた読んだが、どれも面白くはなくて、なんで候補にするのか謎だった。三島賞をとった『阿修羅ガール』は面白かったので、やっぱりこれは直木賞の人じゃないかと思っていたが、『淵の王』はホラー小説である。

ホラー小説というと、妖怪や幽霊が出てきたりする。私は、幽霊が架空の存在だと認識して書かれた小説や作られた映画はいいのだが、作る人が本気で幽霊を信じていたりすると、やはり困る。だからいとうせいこうの『想像ラジオ』は嫌である。あの世とか天国というのは存在しない。これは「私は信じない」ではなくて存在しないので、誰かが死んでも「冥福を祈る」とは言わない。「哀悼の意を表明する」とか言えばいいのである。

『淵の王』は、ツイッター文学賞を受賞したが、私はこの賞を主宰していた人が嫌いなので、バカにしてやろうと思って読み始めたら面白かった。直木賞はホラーは対象にしないわけで、それは幽霊を認めないからだとしたらいいことなんだが、別にウルトラマンが好きだからといってあんな巨人が地球上で立てると本気で思っているわけではないので……。

宮崎伸治「出版翻訳家なんてなるんじゃなかった日記」２０２０

翻訳家だった著者が、出版社からあれこれひどい目に遭わされて、ついに翻訳家を廃業するまでの手記だが、最後に、裁判には勝ったけれど翻訳はやめてしまった著者が涙をぼろぼろ流すところまで来ると、あーやっぱり大変だったんだなあと思うが、前半の、出版社から「あの～」みたいな具合の悪いことを言ってくると、

（にゃに～……）

と内心で思うところが面白かった。私はこれを読売文学賞に推薦したのだが、私が推薦したものはまず受賞しないのである。しかし、翻訳の世界がみんなこうだということはないし、著者はいくらか運が悪かったのと、ビジネス書の世界はけっこうヤバいかも、ということはあるだろう。

コラム　高齢化社会と直木賞

どうもこの十年ほど、直木賞受賞作に変なものがあるな、と私は思っている。もちろん前から、この受賞には不満だということはあるが、ちょっとそれとは違う感じのものがとるよ

うになっている気がする。たとえば第一一五回（二〇一六年上半期）は、荻原浩『海の見える理髪店』の単独受賞である。荻原はこの時六十歳で、それまで山本周五郎賞、山田風太郎賞をとっているベテランで、特に若年性アルツハイマーを描いて、渡辺謙が初めての映画主演で映画化された「明日の記憶」が知られている。『海の見える理髪店』は『小説すばる』に載った短篇を集めた連作だが、ある理髪店を舞台に、実に何ということもない「ちょっとした話」が主であり、大きな事件などは起こらない。この時は芥川賞のほうが、近年まれにみるベストセラーとなった村田沙耶香の「コンビニ人間」だったためか、荻原のほうは私もノーマークだったのだが、あとになって読んでみてちょっと驚いた。

今世紀になってからインターネットが発達し、若い人、五十代より下の人は、もっぱらネットでものを読むようになり、紙媒体は高齢者にしか売れなくなったと言われている。男性向け週刊誌などは、エロ記事と病気の記事（いい病院とか）ばかりになり、『小説新潮』『オール讀物』などの中間小説誌は、老人向けに、あまり刺激が強くない、ちょっといい話みたいな短篇を好んで載せるようになった。直木賞もその趨勢に合わせて、このほとんど刺激のない連作短篇集を選んだのであろう。あと、直木賞の番人・川口則弘さんは「直木賞は地味なのが好き」だということで、その合わせ技ということもあるだろう。

あと読んでたまげたのが、佐藤正午の受賞作『月の満ち欠け』である（二〇一七年上半期）。佐藤も当時六十一歳と高齢で、『永遠の½』ですばる文学賞をとってデビューしてから、何の文学賞ももらえなかったのが、前作『鳩の撃退法』が妙な評価を得て山田風太郎賞を受け、ついでこれで直木賞になったわけだが、岩波書店から書下ろしで出て、岩波文庫にはできないので、岩波文庫とそっくりの文庫にしたという。しかし中身は、一人の女が幼女になったり大人になったりするという幻想小説で、山田太一の『飛ぶ夢をしばらく見ない』を思わせるのだが、書き方が下手で、読んでいてひたすらげんなりする。『鳩の撃退法』もミステリーなんだか何なんだか珍妙な長い小説で、カルト的な人気があるらしい。佐藤は九州の佐世保に住んでいて、佐世保から外へ出ないで作家活動をしているようで、直木賞受賞式には来ると言っていたが、結局来なかったという。

あと釈然としないのが、門井慶喜『銀河鉄道の父』(二〇一七年下半期)で、題名が示す通り、宮沢賢治の父を描いているのだが、私はてっきり、宮沢賢治の父の伝記小説かと思ったら、単に宮沢賢治の伝記を父の視点から描いたものに過ぎず、賢治が生まれる前の父や、死んだあとの父は描かれていないので、思ったのと違った。宮沢賢治の伝記なんて掃いて捨てるほどあろうになんでこれで受賞したのか。

これについても、思い当たる節がある。私は新書もよく書くのだが、最近の新書の読者というのは、自分が知っていることをさらに細かく書いたもの(さらに、ですます体)を喜び、自分が知らないことがこまごまと書いてあると、著者を「上から目線で読者をバカにしている」と言って非難するのである。この変格宮沢賢治伝も、読者が知らないことはなるべく書かないようにしたものであろうか。

あるいは東山彰良《あきら》の『流《りゅう》』は、選考委員絶賛で受賞したらしいが、とにかく日本語が特異で、これは著者が台湾出身だからなのだが、その後芥川賞をとった李琴峰《りことみ》は、台湾出身だが日本語はもっとうまかった。まあ、日台友好のための授賞であろうか。

あとは恩田陸の『蜜蜂と遠雷』も、私には不満な作で、途中で「バッハというと、宗教的という感じがする」などとあるのは、編集者が判断して削除すべきだろうと思ったし、著者はあまりクラシック音楽には詳しくないんじゃないかと思った。もっとも恩田は『夜のピクニック』のような幻想小説風が本領なので、これは直木賞のために書いたというところだろうか。

この時期の直木賞で、読んでいないのもあるが、私が一番納得したのは大島真寿美の『渦妹背山婦女庭訓　魂結び』である。これは直木賞候補決定前に書評にとりあげ、直木賞をとってもおかしくない、と書いたのだが、近松半二の伝記を虚実ないまぜで描いたもので、これを書くために作者は浄瑠璃を習ったという。しかし、優れた作だと思いつつ、私は谷崎潤一郎と同じく、人形浄瑠璃というのを「痴呆の藝術」で、因果とかわいいわが子だが、それほど優れたものとは思っていない。実際、浄瑠璃の台本をたくさん読むと、何でこうバカバカしいのかと情けなくなる。

コラム　無理やり小説を書いてみる

少し前に、ベストセラー作家の松岡圭祐《けいすけ》が『小説家になって億を稼ごう』（新潮新書）という本を出した。松岡は『千里眼』など映画化もされる娯楽小説で売れている作家だが、直木賞の候補になったりはしない。

まさか、小説を書いて誰でも億が稼げるはずもないのだが、別に本気にして読んで怒っている人があまりいなかったのは、最初からジョークととらえているからなのか、成功した作家の成功談だけでも人は聞きたいものなのか、ちょっとはかりかねるところがある。

その中に、小説の書き方について、聞いたことのない方法が書いてあった。もちろんここではフィクションの娯楽小説だが、それに登場させたいキャラクターを芸能人の中から選び、名前をつけて顔写真を壁に貼っておく。五人から七人くらいだという。そしてそれを毎日見つめていると、彼らが登場する物語が出来上がっていくと言うのだ。

私は、自分がこれをやったらどういう小説が出来上がるのか、ちょっとやってみたい気もした。

あるいは、純文学作家で、私小説を書くような作家に、無理やり推理小説を書かせるという企画も面白いんじゃないかと考えている。私ももちろん参加したい。

エピローグ——あえて入れなかった作家たち

坂口安吾・内田百閒・武田泰淳

「この作家が入ってないけど、入れるのを忘れたんじゃないか」と思われるかもしれない。もちろん忘れた人もいるだろうが、考えた末に入れなかった作家もいる。

まず「**坂口安吾**」。世間で人気は高いし、芥川賞の選考委員もやっていたが、面白い小説がない。「白痴」「二流の人」「夜長姫と耳男」とか、『不連続殺人事件』は、一読して面白くはあったが、絶対に二度読めない。

『中上健次と坂口安吾』を書いた柄谷行人は、安吾は小説よりエッセイが面白い、と言うが、それも同意できない。「堕落論」の論旨は私にはそもそも理解できないし、読者も単に雰囲気でなんかかっこいいと思っているだけである。あと、教科書によく載っているらしい「文学のふるさと」というのがあるのだが、これもひどい。ここで安吾は「鬼瓦」という狂言を論じている。地方から出てきた大名が、お寺の鬼瓦が自分の女房に似ていると言って泣く話だが、安吾はこれを、妻が鬼瓦に似ているのが悲しいと言って泣いているのだと勘違いしている。そうではなく、大名は鬼瓦を見て妻を思い出し、妻が恋しいと言って泣いているのである。そのおかしさに気づかずにエッセイにする安吾もひどいが、安吾の勘違いに気づかないで教科書に採用している編纂者もひどい。

あるいは「**内田百閒**《ひやっけん》」。これも人気がある作家だが、私には別に面白くない。「件」という字から人と牛の混合物を連想するというが、それは別に百閒が想像する前からあったものだ。あってもいいが、別にそれを書く面白さを私は感じない。人気があるのはまあ、鉄オタに人気があるか、とぼけていていいといったあたりだが、百閒は法政大学に勤めたあと、日本郵船に勤めていて、経済的に困窮したことがないので、それが好きになれない理由の一つでもあるし、黒澤明の「まあだだよ」で中年になった弟子たちがわんさと押しかけてくる老人の願望（黒沢の願望？）みたいな情景に辟易したというのもある。

「**武田泰淳**」というのも、世間では偉い作家のように言う人があるが、私にはサッパリ分からない人である。『森と湖のまつり』というのが代表作長篇らしいが、若いころ読んでいて、あまりに通俗な上つまらないので途中で放り出した。戦時中に書いた『司馬遷　史記の世界』というのも、いい本のように言われているが、私には何がいいんだか分からなかった。「司馬遷は、生き恥さらした男である」というのだが、それは司馬遷が宮刑に遇ったことを言うのだろう。宮刑に遇うのは気の毒だが、するとと武田は、ペニスを切られたら自害して果てろとでも言うのか。そうでなければ「生き恥」などという言葉は出てこまい。ずいぶんペニス中心主義的な男だと思った。『快楽《けらく》』という全二巻の長篇があり、これが戦前の若いころを描いた私小説的なものらしく、一九六〇年から四年間『新潮』に連載され、病気のため中断し、とうとう続きは書けずに一九七二年に刊行されたもので、割と当時売れたらしいのだが、何とも茫漠たるものである。『秋風秋雨人を愁殺す』というのがある。これは中国共産党の秋瑾《しゅうきん》という女闘士が処刑されるまでを描いたものだが、あまり関心はもてなかった。江藤淳と開高健が断続的に対談した『対談文人狼疾ス』という本があり、中で開高が、武田泰淳が物心両面で埴谷雄高を支えていた、ということを言っている。ここで重要なのは「物」であって、僧侶として収入のある武田が、売れない文筆以外にさして収入のない埴谷を支えたという意味であろう。当時、この発言は埴谷への攻撃と受け止められたらしいが、埴谷は特に反駁していない（武田はすでに没していた）。なぜ武田がそれほど埴谷を支援したのか、私はいまだに知らずにいる。武田は藝術院会員に選ばれたが辞退した、ということが、死んでから発表された。左翼だったのかというと、そうとも決められない。妻が武田百合子で、その『富士日記』は確かに面白かったが、読売文学賞をとった『犬が星見た　ロシア旅行』は面白くなかった。百合子は人気があるが、美人だからではないかという気がする。百合子は、殺された鈴弁という高利貸で米商人の孫なのだが、泰淳は百合子が鈴弁の孫だと聞いて「未来の淫女」というのを書いたというので、この「未来の淫女」を探している人が十年以上前にいて、私も入手して読んでみたがどうということはなかった。

『貴族の階段』とか『十三妹《しいきんめい》』というのが文庫になったので読んでみたが、ちっとも面白くなりそうな気がしないでやめてしまった。岩波文庫で『滅亡について』という評論集が出たことがあるのだが、これにしても「滅亡とは全的滅亡である」と書いてあって、それがすごいらしい。だが、そりゃ滅亡は全的滅亡であって、『未来少年コナン』とか『風の谷のナウシカ』は人類が滅亡しなかったあとの世界である。別にそれだけのことを言うと何がすごいのか。「ひかりごけ」というのは映画にもなったが、私は人肉食というのは特に大変なことだとも思っていないのである。

谷崎賞の選考委員として、円地文子が選考委員なのに受賞したのを批判したのは、当初かっこいいと思ったが、円地の受賞作を読んでみたら、円地の勝ちじゃないかと思った。その谷崎が、最近漱石の『こゝろ』なんて大したことないものが持ち上げられているのはどういうことか、と言ったのに対して、泰淳が「分かりやすいからですよ」と答えたのが、私としては泰淳の最大の功績なのである。

どうも泰淳は、中国で人を殺したことがあるらしいので、人は妙な関心を抱くんじゃないかと思うが、読んで面白くないものはいかんともしがたい。

中村真一郎・椎名麟三・埴谷雄高・野間宏・田宮虎彦

「**中村真一郎**」は、どこかで読んだ、小説家としてより評論家としてのほうが評価されている作家というのは彼のことだろう。東大仏文科で助教授にする話もあったのを断って作家になったというが、反私小説、プルーストと芥川龍之介をわが仏と尊ぶ作家で、その博識、特に日本古典文藝についての見識とか、『頼山陽とその時代』などの近世文人伝記の価値は多分に認める。しかし、プルーストの『失われた時を求めて』って要するに私小説じゃありませんかと言いたくなるくらい、小説はつまらない。はじめはプルーストの真似をして六部作だかを計画し、『死の影の下に』『シオンの娘等』『魂の夜の中を』『長い旅の終り』と書下ろし長篇を書いていったのだが、今では『死の影の下に』がかろうじて読まれることがある程度だ。途中、妻を亡くして重いうつ病に罹り、電気ショック療法で寛解したといい、それから『頼山陽とその時代』、さらに『四季』『夏』『秋』『冬』の四部作を書いて、評価する人もいたが、何とも変なしろもので、ちょっと私小説めいてくるととたんに面白くなる。中村は、なんで私小説にも良さがあるということを認められなかったのか。

『夏』は谷崎賞受賞作で、新潮文庫裏の解説には「激しい精神の障害と性の無能力からの回復期に体験する魂の地獄と甘美な性と愛……私が遍歴する女たち（狸と呼ばれる酒場の女主人、クラブ「黒い部屋」のマダム満月にビ・バップ嬢たち）との奇妙な性のアヴァンチュール！　その果てに遂にめぐり逢う永遠の女性A嬢。――本書は愛の回復と愛の神話と愛の至福の物語であり、爛熟した性の濃密な心理描写は見事である」とある。中村は岩波新書に『色好みの構造』（一九八五）を書いて、『狭衣物語』などを例にとって、一人の異性に執着することが不毛で歪んだ人生をもたらすと説き、そこから脱するための手段として多くの異性との色事が描かれるのだと書いていた。『四季』四部作は、記憶の喚起、王朝文藝や江戸漢詩などの引用といった現代的趣向が凝らされているのだが、なんでその中心が性的遍歴であるのかは、単なる作者の好みとしか思えない。一九八九年には中村は『美神との戯れ』を刊行し、以後は小説は多くポルノ的なものが主となっていった。

「**椎名麟三**」は、第一次戦後派の作家の一人としてたいてい名があがるが、私も「深夜の酒宴」と、実家にあった『美しい女』などを読んだが、そんなに重要な作家とは思えなかった。ところが、サイニイで調べてみると、没後も熱心な研究者が結構いるらしい。椎名はキリスト教徒であり、明治学院と関係があったから、そういう方面の研究者が多いらしいのだが、私は何しろドストエフスキーすらキリスト教文学として興味がないくらいだから、神がどうした絶対者がどうしたという議論につきあう気も興味もないのである。

「**埴谷雄高**」も入れなかったが、これは作品がないからで、『死靈《しれい》』は、ハチャメチャ小説としてはわりあい面白いと思っている。首猛夫が「首ったけ、と覚えてください」とくりかえすあたり、面白い。しかし埴谷自身は、これは絶対に完成させるつもりはなくて、伝説の作家になるつもりで生きていたと思う。

「**野間宏**」となると、未だに褒める人がいるのが理解しづらいが、大学時代にも野間宏がいいと言っている英文科の先輩がいた。私は高校二年の時、苦労して『わが塔はそこに立つ』などという文庫版の分厚い長篇まで読んだのだが、退屈極まりなかった。しかし鬱然とした大家のように見える野間が、三十代になる女性編集者に言い寄ったこともあると知って何だかおかしくなった。

「**田宮虎彦**」は、一九五七年に、妻千代に死なれ、『愛のかたみ』を刊行してベストセラーになった。その時、平野謙は「誰かが言わねばならぬ」を『群像』五七年十月号に書いてこれを批判した。そのことは現在では忘れられているが、田宮と三高時代からの友人だった青山光二が、のち田宮が投身自殺した時に何度も書いている。青山の言い方だと、妻が死んでめそめそする田宮を平野がおかしいと批判したことになっているのだが、私はそうは思わない。田宮の虚偽癖に問題があると思う。たとえば田宮のよく知られていた「落城」は、戊辰戦争を舞台にしているが、落城したのは架空の城である。また田宮の父は封建的な暴君で、長男だけをかわいがり、妻と次男の虎彦には冷たかったが、戦争中に父は死んで、母は長命を保った。だが田宮は、私小説と見える小説の中で、母が死んだという知らせが父から来る場面を描いていて、これはあろうことか「作家の自伝」シリーズの田宮の巻にも入っている。こういうタチの悪い嘘をつく作家なのだ、田宮虎彦というのは。

三枝和子・小林信彦・澤田ふじ子

「三枝《さえぐさ》和子」も入れたかったのだが、どうも適当な作品が見つけられなかった。しかし三枝の著作一覧を見ていると、初期には、よくこんな売れなそうなものを大手出版社で出してくれたもんだな、今とは時代が違うんだなというのをつくづく感じる。後期になると、「小説清少納言——諾子《なぎこ》の恋」とか王朝女流文学者の伝記小説が、文庫化されてもいるからそこそこ売れたのだろうし、『恋愛小説の陥穽』のようなフェミニズム文藝批評のはしりみたいなものもある一方で、古代の宮廷の女を描くものなども目立ち、それはイデオロギー的に天皇制を肯定することになってまずかったんじゃないかという気がする。『薬子《くすこ》の京《みやこ》』は紫式部文学賞をとったし、読んだのだが、というのはこれの連載が始まるより先に、私が薬子の乱を描いた短篇を某文学賞に応募していて、その題名が「薬子のいた都」だったからである。

「**小林信彦**」は、存命の作家である。私が小林の名を知ったのは、小学生時分、NHKの少年ドラマシリーズで観た「怪人オヨヨ」の原作者としてである。のち大学生になったころ、原作の最初の巻『オヨヨ島の冒険』を読んだが、さすがに大人の読むものじゃなかった。あとは、「朝日新聞」で連載された「極東セレナーデ」で、一人の少女がスターとしてデビューする過程が面白くて読んでいたのだが、何だか尻切れトンボみたいに終わってしまった。

その後、小林は小説が賞をとることがなかったので、ずっと読むことはなかった。二〇〇七年、『文學界』に「うらなり」という、漱石の『坊っちゃん』のパロディが載っていたので読んでみたら、どうも変で、昭和初年の話なのに、登場人物が「第一次世界大戦」なんて言っている。あれは当時は「欧州大戦」とか言われていたので、当然、第二次世界大戦が始まってから「第一次」になるのである。さらに東京出身の小林は、神戸の中心地を神戸駅だと思っているが、三宮駅である。さらにきわめつけは小説のあとがきで、『坊っちゃん』には、「四国辺の中学校」と書いてあり、松山とは書いていない。小林は、これが当初、「中国辺の中学校」となっていたと言うから、漱石としてはエキゾチックなものを狙っていたのかもしれない、とあって、私は憮然とした。小林はこの「中国」をシナのことだと思っているのだ。私はこれらの間違いについて小林に分かるように書いた。だが、それらは一切、文庫版になっても直ってはいなかった。

小林はある場所で、自分の文章の「無断引用を固く禁じます」と書いていたが、引用というのは著作権法によって無断ですることが認められているのだ。長いこと多くの小説を書いても文学賞に恵まれなかった小林は、ずいぶん偏屈な人になっているらしいが、かつて『日本の喜劇人』

で芸術選奨新人賞をとっており、藝能エッセイで高い人気があるらしい。

それでも私は、直木賞に擬してもいいだろう作品はないかとあれこれ読んでみた。『ぼくたちの好きな戦争』『夢の砦』このあたりが真骨頂だろうが、今一つである。厄介なことに小林は私小説が嫌いらしいが、それでいて推理小説を書くのも嫌であるらしい。ギャグ小説を書きたいようなのだが、W・C・フラナガン著を小林が訳したという体裁の『ちはやふる奥の細道』は、日本の古典を西洋人が曲解して解釈したものということで期待して読んだがスベっていた。『イーストサイド・ワルツ』など東京ものも、いかにも軽くてダメ。新潮社に「純文学書下ろし特別作品」という箱入りのシリーズがあり、大江健三郎の『個人的な体験』や『洪水はわが魂に及び』、筒井康隆の『虚航船団』、中上健次の『地の果て　至上の時』などが出ており、小林はこれに四冊も書いている（『ぼくたちの好きな戦争』『世界でいちばん熱い島』『怪物がめざめる夜』『ムーン・リヴァーの向こう側』）が、いずれも文学賞の対象にはならなかったし、今見てもここにあげる気にはならない。名声の割に内実が伴わなかった作家だが、『うらなり』を書いた際に功労賞的に菊池寛賞を受賞している。

「**澤田ふじ子**」は、著作の多い歴史小説作家で、最近の直木賞作家である澤田瞳子の母で、母娘二代の歴史小説作家だが、どういうわけか直木賞の候補にもなったことがない。近年の著作の宣伝文では「名匠」などと書かれているのに。

私は残念ながら読んだことがなかったので、初期の代表作で、長谷川等伯を中心に、信長・秀吉期の狩野派などの絵師の世界を描いた『闇の絵巻』を読んでみたが、ちょっと長いのとピントにずれがあった。続いて『有明の月　豊臣秀次の生涯』（一九九三）を読んでみたら、一ページ目から「中山道」に「ちゅうさんどう」とルビが降ってあり、ぎょっとした。調べたがそんな読み方はないようだ。続いて、秀吉の妹で、のち家康の正室とされる朝日の夫が「嘉助」と書いてある。だがこれは杉本苑子が『影の系譜』で創作した名前で、大河ドラマ「おんな太閤記」で橋田壽賀子が創作と気づかず流用したため問題になり、NHKでは「甚兵衛」に変えたといういわくつきのもので、なんでそんな名前を使ったのかと頭を抱えた。こんなあたりが、直木賞候補になれなかった理由かもしれない。

栗本薫・椎名誠・中島らも・荒俣宏・帚木蓬生・新井素子

「**栗本薫**」は、かなりおかしな天才型の人で、書いた文章は一度も推敲せず読み返しもしなかったという。デビュー作『ぼくらの時代』は『×××』のマネだし、なんで乱歩賞をとったのかすら謎だ。吉川英治新人賞をとった『絃《いと》の聖域』は、『真夜中の天使』でBL小説を切り開いたと自ら言うくらいなのですでに男性同性愛味が強く、あとは「グイン・サーガ」で、これはとても読めない。

「**椎名誠**」も人気のある、だが直木賞はとっていない作家である。私はあまり読んでいないので、日本SF大賞をとった『アド・バード』を読み始めてみたが、これはオールディスの『地球の長い午後』のオマージュ作品だという。私はこの小説は読みかけたのだが、それならアニメとか映画にしてくれたほうがいい、と思ってやめたので、『アド・バード』もなしにした。私小説の

『岳物語』はどうかと思ったが、私は父と息子のハードボイルドでマッチョな関係というのが苦手で、昔、ロバート・B・パーカーの『初秋』というのを読み始めて、そういう小説であることに気づいて、げえっとなってやめてしまったことがある。

「**中島らも**」も、椎名と似た層に人気がありそうで、短命だったわりに著作が多いのに驚いたが、『ガダラの豚』は、直木賞で落選したのに納得する、冗漫な感じがあった。『今夜、すべてのバーで』はアル中体験の私小説だが、私はつくづく、吾妻ひでおの『アル中病棟』が優れていたゆえんを理解した。吾妻は絵柄などでいかに現実のキツさをゆるめているか、ということが分かったのである。

「**荒俣宏**」も、学識には敬意を抱いているが、『帝都物語』はちょっとした大長篇で、ここにあげるべきではない気がした。もし二番目の夫人との関係を描いた私小説でもあったら、と思ったのだが、そういうのは、まあ、書かない人だよな。

「**帚木蓬生**《はなさぎほうせい》」がなんでないのかと言う人がいるだろう。私の高校時代、目良という、東大卒の倫理の教師がいて、生徒に人気があったが、この人は時どき、最近読んだ現代作家の作品の話をした。三木卓さんの『震える舌』の話も聞いたが、帚木蓬生の最初の作『白い夏の墓標』の話も聞いた。これは直木賞候補になって落ちているが、どういうわけか、『源氏物語』の巻名を合わせた妙な筆名のこの作家は、以後二度と直木賞候補にならなかったのは、断っていたからか。その割に吉川英治新人賞や山本周五郎賞、そして吉川英治文学賞までとっている。なのに、私はちょっと読んでみて、常に「合わない」ものを感じる。医師であり、キリスト教徒であるということが、私の考える「文学」とは違うものを生み出しているという気がする。くそマジメだが、たとえば女性の描き方が古臭く、それを本人が悪いとは思っていない。医療についても倫理的に考えつめていくところが、文学というより凝ったお説教めいている。

「**新井素子**」の初期のSFはあまりにハチャメチャだし、SF大賞をとった『チグリスとユーフラテス』も、長篇かと思ったら短篇集で……。むしろ私が自分の大腸ポリープが発見されて怯えていた時に読んだ大腸ポリープ発見記がいいかと思ったがいくら何でも短篇すぎた。結局、私小説らしいものなのであろうということで『結婚物語』を読んでみたんだが、悪い意味で「ラノベ」で、ちょっと大人の読書には耐えない、と判断した。

あとがき

『夫のちんぽが入らない』という「私小説」（と本人は言っている）で有名になった「こだま」という女性の『ここは、おしまいの地』（太田出版、二〇一八）は、その年で終わりになった講談社エッセイ賞を受賞しているが、これが読んでみたら名編で、これもぜひ直木賞を上げたいと思った。仮名としても特異だが、こだまさんには直木賞を狙ってほしい。

ここで私は直木賞を、私小説からラノベまで入る合切袋にしてしまったのだが、現実の直木賞は、候補になるのも運次第というところがあり、芥川賞のほうは今ではだいたい予想がつくが、直木賞候補はかなり予想困難なところがある。

ところで、私は二〇〇七年に浜田山に越してきてから、ずっと高井戸図書館の世話になってきたのだが、二〇二一年の四月ころに、永福図書館が西永福に移転して、そちらのほうが近いことから、そこを利用するようになった。その後電動機つき自転車を買ったので、私の読書はおおむねこの永福図書館を利用してやっている。高井戸図書館は、よく利用していたので図書館員の人々とも顔見知りになっていたが、永福ではマスクをしていることもあって未だにこちらからもあちらからも顔見知りになれていない。

そういえば十年以上前に、図書館がベストセラー本を多量にそろえていることに出版社が文句を言ったりしていたが、日本人が貧乏になって、そんなことも言っていられなくなった。私もまた、本など買っても置く場所がないからもっぱら図書館頼みである。家のそばに書庫として買ったマンションの一室も、どうやらもう一杯のようで、ベストセラーを書いて豪邸ないしは一戸建ての書庫を建てるのも夢と消えた。

少し前のことだが、「大江・開高のない文学史を書きたい」と言っている人がいた。だが、「大江・開高」なんて昔の話で、大江健三郎は日本文学史で三人のうちに入る（紫式部と馬琴）偉大な作家で、開高は忘れられていく三流作家に過ぎない。それはともかく、私は結果として世間に流布している文学史とは違う現代日本小説史を書いたことになろうか。しかし、私はなかにし礼の『兄弟』と、車谷長吉の『赤目四十八瀧心中未遂』で、前者に軍配を上げたように、やはり小説といえども、事実は極めて強いと思っているのである。

英国に、マン・ブッカー賞という文学賞がある。割と権威のある賞だが、英語で書かれた長小説に贈られるもので、一般には純文学の賞だと思われているが、私の見るところでは、直木賞に近く、やや高級な通俗小説に与えられるという感じがある。中でも、アイリス・マードックの『海よ、海』という日本でもかつて翻訳があった長い小説が受賞しているが、これはド通俗の恋愛小説である。ブッカー賞に比べると、ノーベル文学賞は純文学志向である。二〇二二年の受賞者が私小説作家のアニー・エルノーだったのをはじめ、ヘミングウェイも通俗的な『武器よさらば』や『誰がために鐘は鳴る』ではなく『老人と海』での受賞だと釘を刺されているし、サマセット・モームやグレアム・グリーンやアルベルト・モラヴィアなどは通俗的なのでもらえなかった。モームは代わりに首相のウィンストン・チャーチルが『第二次世界大戦』でもらっている。モラヴィアは国際ペンクラブ会長までしたのにもらえなかった。もっともノーベル文学賞も、最近でもカズオ・イシグロとかパトリック・モディアノとか、通俗的とされる作家に授与したりもしている。

直木賞といえば、ウェブサイト「直木賞のすべて」を運営している川口則弘さんがいて、直木賞関係の本も数冊出しており、現実の直木賞に関しては何でも知っている人である。しかしこの本は仮想直木賞の本なので、川口さんとは相談していないし、直木賞観も違っているかもしれない。川口さんは薄い文藝評論同人誌『北方人』をいつも送ってくれる盛厚三さんと親しく、盛さんは私が育った越谷市の北の春日部市に住んでいて、メールのやりとりはしているが実際に会ったことはない。さらにそこから北上すると杉戸町に、現実の直木賞作家の北村薫さんが住んでいて、こちらも時どきメールさせていただいている。実は北村さんが直木賞を受賞した時、私は生涯でただ一度、芥川賞・直木賞贈呈式に招かれて行ってきたのだが、その時の芥川賞受賞者が磯﨑憲一郎で、エリート会社員である同氏の関係者のスーツ姿の男たちがたくさんいて、人でごった返していた。

筑摩書房では、『もてない男』の編集者である山野浩一さんが長く担当してくれていたが、山野さんが社長になり退任したのと、山野さんから紹介された伊藤大五郎氏も重役になってしまったこともあり、新書編集部長の松田健氏に今はお願いしている。山野さんは夕日書房という小さい出版社を興したので、私も何か書きたいと思ってはいるがまだ話し合いがついていない。

二〇二二年十二月十五日

小谷野 敦

小谷野 敦（こやの・あつし）

一九六二年茨城県生まれ。東京大学文学部大学院比較文学比較文化専攻博士課程修了、学術博士。大阪大学助教授、東大非常勤講師などを経て、作家、文筆家。著書に『もてない男』『宗教に関心がなければいけないのか』『大相撲40年史』（以上、ちくま新書）、『現代文学論争』（筑摩選書）、『江藤淳と大江健三郎』（ちくま文庫）、『聖母のいない国』（河出文庫、サントリー学芸賞受賞）、『谷崎潤一郎伝』『里見弴伝』『久米正雄伝』『川端康成伝』（以上、中央公論新社）ほか多数。小説に『悲望』（幻冬舎文庫）、『母子寮前』（文藝春秋）など。

直木賞《なおきしょう》をとれなかった名作《めいさく》たち

二〇二三年一月二十日　初版第一刷発行

著者　小谷野 敦
発行者　喜入冬子
発行所　株式会社　筑摩書房
一一一-八七五五　東京都台東区蔵前二-五-三
電話番号　〇三-五六八七-二六〇一（代表）
装丁　神田昇和
印刷・製本　三松堂印刷株式会社

ISBN 978-4-480-81687-0 C0095